Caroline Bor[illegible]
Elle a notam[illegible]
L'Enfant du [illegible] 2004,
prix Alberto-[illegible]), *Trois définitions de l'amour* (Robert Laffont, 2013) et *Vous aimer* (Robert Laffont, 2016).

VOUS AIMER

CAROLINE BONGRAND

VOUS AIMER

Robert
Laffont

FSC
www.fsc.org
MIXTE
Papier issu de sources responsables
FSC® C003309

Pocket, une marque d'Univers Poche, est un éditeur qui s'engage pour la préservation de son environnement et qui utilise du papier fabriqué à partir de bois provenant de forêts gérées de manière responsable.

ISBN 978-2-266-27645-0

Dépôt légal : février 2018

Pour Dominic

« Le langage est une peau. »
Roland Barthes

Presque rien

C'était un de ces jours difficiles, au milieu d'une semaine difficile. Il fallait accepter la réalité du quotidien. Un mari qui ne sait formuler que des remarques, se plaint constamment de sa femme, de ce que fait et ne fait pas sa femme, un homme qui n'apprécie jamais rien, rien, rien. Si bien qu'elle n'était plus très motivée, comme amputée d'elle-même, de sa nature profonde. Le cœur gros, tandis qu'en toute fin de journée, sortant de son bureau, elle faisait les courses, elle avait répondu à son amie Gabriella :

— Je n'aime pas me plaindre. Ça entretient le problème.

Tout cela n'avait pas d'importance. Elle en était convaincue, sincèrement convaincue. La vie tranquille, c'était bien. La vie tranquille, celle qui ne vous réserve aucune surprise, ni mauvaise ni bonne.

Lorsqu'elles se retrouvaient pour déjeuner, une fois tous les quinze jours, parfois moins, devant un jus de carotte frais, elles finissaient toujours par en parler.

Gabriella lui faisait remarquer qu'elle se trouvait dans un vide affectif et amoureux certain.

— Ce n'est pas la vie tranquille ton truc, c'est la vie sans amour. Tu verras, un jour un type te dira qu'il te trouve belle. Un type saura t'aimer. Et là...

— Là quoi ?

— Tu comprendras que c'est possible. Qu'on peut être aimée, vraiment aimée, pour ce que l'on est, entièrement.

— Mais non, ça ne m'intéresse pas. Et puis je ne suis pas quelqu'un qui plaît, je t'assure. Jamais un type ne se retourne sur moi dans la rue. Et je ne voudrais surtout pas que ça m'arrive.

C'était toujours la même conversation. Mais lorsqu'elle quittait Gabriella, elle se disait parfois : Et si cela m'arrivait, si un jour quelqu'un me disait que j'étais belle ? Non, cela ne se produirait pas.

Il y avait peut-être – encore qu'elle en doutât sérieusement – un homme merveilleux quelque part, le genre qui s'extasie devant ses épaules, s'ébahisse de tout ce qu'elle était, plutôt que de lister constamment tout ce qu'elle n'était pas, quelqu'un qui rêve de l'embrasser et le lui dise, quelqu'un qui se passionne pour la courbe de ses hanches, qui pardonne ses seins, blessés par la vie, les trouve beaux et même légers. Mais elle n'allait pas se mettre à le chercher. Et puis quoi encore, pour « marcher sur le cœur de ses enfants » ? Une de ses connaissances avait un jour prononcé cette phrase, en parlant du divorce. Non, elle ne voulait plus jamais cela, plus jamais.

L'amour, le grand, le beau, si ça existait, ça ne menait nulle part. Du reste, elle en avait fait, indirectement, l'expérience. Ses parents s'étaient follement aimés, pour, tout aussi follement, se déchirer, s'abîmer, s'entretuer, et finalement divorcer pour continuer de se haïr, c'est-à-dire de s'aimer. Elle avait vu cet amour, insensé, exclusif, dévastant tout sur son passage – l'honnêteté intellectuelle, la vérité, la vie de famille ou les enfants. Il lui semblait que l'amour, le grand amour, celui qui fait rêver, était à éviter, absolument à éviter. Les grands chevaliers, les toréadors, les danseurs de tango au teint mat et au regard brun qui vous chavirent pour l'éternité et vous offrent plus de jouissance en une nuit qu'en une vie, ces gens-là n'étaient pas approchables, et si de leur rencontre naissait le grand amour, alors il valait mieux dire la messe et mettre tout ça sous le tapis. Ne rien vivre.

La vie tranquille, comme elle l'appelait, c'était mieux. Pourtant, ce jour-là, rentrant chez elle les bras chargés de courses pour la maison, elle ressentit ce tout petit pincement au cœur. Peut-être, se dit-elle, que l'âge aidant, je ne vivrai plus jamais rien, plus rien. Jamais un homme ne m'aimera comme un homme doit aimer, plus jamais je ne me sentirai belle, désirable, de bout en bout, d'un seul tenant, plus jamais. Et je mourrai avec le sentiment d'un grand gâchis. Avec le sentiment de n'avoir rien fait, rien fait de beau ni de grand dans ma vie. Avec le sentiment de ne pas avoir vécu comme la vie doit être vécue : en l'honorant, en la célébrant. Plutôt que de s'en plaindre, elle en conclut qu'il fallait l'accepter, que c'était là « son lot ».

Sur ces entrefaites, elle avait poussé la porte de son immeuble. Heureuse d'avoir parlé avec son amie, heureuse à l'idée de boire prochainement avec elle un jus de carotte frais, heureuse de retrouver ses enfants.

Dans le miroir de l'ascenseur, elle avait observé ses traits. Ils avaient tant de défauts. Ses sourcils, trop fournis à leur départ, trop fins à l'arrivée, son visage, un peu large, ses rides du lion, et celles-ci, autour de la bouche, partant du nez, avaient-elles un nom ? Les rides de la parenthèse ? Sa peau n'était pas particulièrement éclatante, le grain pas très unifié. Ses yeux, elle ne savait plus quoi en penser. Sa bouche en revanche était plutôt bien dessinée. Et ses pommettes, hautes, intéressantes : elles prenaient la lumière. Mais est-ce que ça suffisait ? Après tout, son mari n'avait pas tort. Non, elle n'était pas belle, tout juste moyenne, et elle aurait dû déjà s'estimer heureuse – et remercier le Ciel – d'avoir trouvé quelqu'un.

Regardant encore, juste avant l'ouverture des portes d'acier, les contours de son visage, elle se surprit à éprouver de la colère. Même si elle n'était objectivement pas très belle, ni de visage ni de corps, une femme assez banale en somme, pourquoi fallait-il qu'elle se sente ainsi ? Elle avait croisé, dans sa vie, des femmes qui n'avaient ni plus ni moins qu'elle et qui pourtant semblaient irradier de confiance en elles-mêmes, d'assurance. Les racines du mal étaient profondes, peut-être. Elle arriva à la conclusion que seul quelqu'un qui aurait le même genre de visage qu'elle pourrait la comprendre – c'est-à-dire comprendre sa non-beauté – et donc peut-être l'aimer. Quelqu'un qui aurait la tête un peu large, comme elle. La peau claire. Et rien de spécial. Mais elle se reprit aussitôt : si, à quarante-cinq ans, elle ne l'avait pas rencontré, c'est qu'il n'existait pas.

Il faut une vie pour s'aimer. Se pardonner ce qu'on n'est pas, apprivoiser ses défauts, comprendre enfin qu'ils n'en sont pas, être tendre avec soi. À quarante-cinq ans, enfin, elle avait appris à s'apprécier. Pas physiquement, mais pour le reste. Elle se félicitait de ses accomplissements, professionnels, maternels, elle était finalement au moins un peu fière de ce chemin parcouru. Sa vie était une victoire sur tout ce qui n'était pas parvenu à la terrasser. Elle avait oublié les larmes et autres douleurs, petites ou magistrales, qui l'avaient construite, dans tout ce qu'elle était. Cela avait fait d'elle une rescapée, c'est-à-dire une personne capable de s'émerveiller au-delà de l'imaginable, et d'un rien. Chaque jour, ou presque, était une fête, chaque morceau de pastèque au début de l'été, chaque cuillère de chantilly fraîche, chaque rayon de soleil tombé sur ses paupières. Elle appréciait chaque plaisir de la vie, fût-il infiniment petit, comme mordre dans une rondelle de citron, ou infiniment grand, comme pousser la porte de chez soi et savoir que l'on y retrouve une famille, sa famille, enfin. Elle était contente, très contente de sa vie – même seulement d'être en vie – et que cette vie soit remplie. Le verre était plein, car elle savait tout ce que l'on peut ne pas avoir, tout ce que l'on peut se perdre, tout ce que l'on peut s'interroger, sans jamais, jamais trouver de réponse, et encore moins de paix.

Aussi était-elle bien décidée à être heureuse de son mariage. Et elle l'était. Son premier divorce, chaotique plutôt que méchant, l'avait laissée pantelante. Elle s'était retrouvée bien seule, ses deux enfants sous le bras, quatre et six ans, à se battre pour tout. Et d'abord pour ce qui paraît évident : un appartement, un travail, de la dignité. Elle qui n'avait jamais fait très attention à ce mot réalisait l'importance de préserver la dignité d'un être humain. Personne ne devait connaître la faille, immense, la blessure, le sentiment d'échec de toute une vie, les mauvais choix, enquillés les uns derrière les autres, impitoyables, mortifères, désolants. Lorsqu'elle sortait, elle faisait de son mieux, de son vrai mieux, pour que personne ne voie ce qui se tramait là. Comme la petite souris tombée dans la jarre de lait, elle s'était débattue.

Lorsque, à l'issue de la terreur, elle avait rencontré son mari (le deuxième), l'épaule lui avait sauvé la vie. Quelqu'un soudain se souciait d'elle, lui téléphonait, venait la voir. C'était quelqu'un de bien, de très bien, même. Avec des principes, de la droiture, une personne honnête. Ils s'étaient mis ensemble, comme on dit, lui ayant de son côté deux filles, ils avaient constitué un bel exemple de recomposition réussie. Petit groupe de deux adultes et quatre enfants, bientôt cinq, une joyeuse ribambelle, toujours un vacarme : la vie.

La course sur les quais de gare, les Barbie qui tombent dans les Lego, les échanges de cartes Pokemon, les reconstitutions « historiques » grandioses mêlant Playmobil, Kapla et dinosaures, les manteaux des uns récupérés par les autres, et le casse-tête des chaussettes sorties du sèche-linge. Beaucoup de rires, de crises gentilles pour que chacun trouve sa bonne place, beaucoup beaucoup d'animation : une vie qui se tisse jour après jour, se renforce, s'épaissit, se densifie, la rassurant, la rassurant, la rassurant. Ils étaient désormais DEUX pour gérer le quotidien, DEUX pour répondre aux questions qui se posaient, DEUX pour occuper l'espace et se renvoyer la balle, la sortant, elle, l'extrayant de l'infernal et impitoyable monologue, c'est-à-dire, non moins que cela : la sauvant des griffes de ses démons implacables.

Le temps terrasse le couple, dit-on. Non. Le couple se terrasse lui-même de ne pas y voir clair, d'emblée, et Dieu merci. Si le couple y voyait clair, se formerait-il jamais. Bénédiction donc que l'aveuglement. Au bout de neuf ans, et un enfant de plus ajouté à la ribambelle, ils avaient morflé. Lui, qui ne comprenait pas bien sa femme, et éprouvait une profonde déception. Elle, qui s'accrochait aux rires de la ribambelle pour supporter les humeurs de son mari. Impatient. Excédé. Colérique.

Certaines personnes projettent facilement sur l'autre leurs insécurités. Avec les années, les hauts et bas, inévitables d'une vie professionnelle, son mari avait reporté sur elle sa frustration de ne pas être encore le personnage qu'il aspirait à devenir – quelqu'un de très établi, très respecté, et même, si possible, envié. Il voyait en elle une femme assez naturelle, tout ce qui l'effrayait en vérité, peut-être, même, la vérité. Pas toujours de maquillage, des vêtements simples, une sophistication très aléatoire. Il le lui avait reproché, cela, entre autres choses, un peu, beaucoup, de plus en plus. Jusqu'à ce qu'il attaque, sous la peau, dans la chair, commentant sa silhouette, lui faisant la leçon sur le sport que chacun doit pratiquer, lui achetant un tapis de sol, un livre sur la méthode Pilates, en détaillant les aliments que chacun devrait éviter, le contrôle auquel il faut s'exercer par simple « respect de soi ». Plusieurs fois, il l'avait envoyée se changer, trouvant que ce qu'elle avait choisi ne la flattait pas. Elle avait compris, parce que cela lui avait été très clairement signifié, que son corps n'était pas beau, son ventre, ses cuisses, sa taille, et même ses seins qu'il avait avoué un jour « ne pas comprendre ». Il lui suggérait de porter des talons hauts pour qu'elle paraisse « moins tassée », et de privilégier les couleurs sombres, qui affinent. Ce qui avait été réparé d'un côté – la vie – s'était volatilisé de l'autre : cette fameuse « confiance en soi », pour laquelle les femmes luttent, corps et âme, avec acharnement, témérité, parfois désespoir.

Elle avait honte de son corps, maintenant. Désolée de ses vergetures. Inquiète de ses mollets, terrifiée par ses hanches, se sentant absolument minable de cet échec, et furieuse de s'être fait prendre, ou plutôt fait avoir, dans ce piège de l'inquiétude de soi projetée par le regard de l'autre. Lorsqu'il plaisantait sur la beauté intérieure (pour lui : vaste arnaque, leurre), elle retenait son souffle. Car peut-être n'était-elle pas si belle que ces femmes qu'il avait auparavant fréquentées, ou auxquelles il aspirait, mais elle voulait croire qu'elle l'était, au moins un peu, quelque part, tiens, au moins ses épaules. Elle les aimait, ses épaules. Et voilà que son corps était comme fragmenté. Ce n'était plus une femme mais une somme d'éléments d'un corps. Un visage, correct, des bras, fins, des jambes, épaisses, un ventre, comme les seins, à refaire, des hanches, trop larges, des fesses, jamais évoquées. La cruauté se défendant pourtant de toute mauvaise intention – « Je te dis ça, c'est pour toi ».

Oui, il avait raison, elle ne faisait plus d'effort, les efforts n'ayant à vrai dire jamais porté leurs fruits, au contraire. Elle n'avait aucune envie de vivre vêtue de noir pour lui faire plaisir, ni toujours en talons, dans l'espoir de paraître plus élancée. Tout cela l'ennuyait, lui paraissait stupide, de plus en plus stupide, et après presque dix années de vie commune, elle lui renvoyait cela au visage. Peut-être était-ce là le prix à payer pour former un couple, après tout ? Il fallait bien lâcher sur certains sujets. Et il avait beaucoup de qualités, tout de même. Il était un très bon père et beau-père, et cela n'avait pas de prix. L'homme parfait n'existe pas, pensait-elle souvent. C'était à soi-même de progresser, de faire du mieux possible au milieu de cette réalité.

Personne n'est jamais coupable de rien, tout seul. Dès lors que l'autre accepte, tolère, il cautionne, et d'une certaine manière, encourage. Après tout, elle avait accepté et toléré cet état de fait, ayant un besoin vital, après avoir été une femme divorcée, seule, avec enfants, de revenir à quelque chose de conforme, rassurant – d'extrêmement prévisible, simple, carré. Il lui avait offert cela, ce que Gabriella, la spirituelle, appelait l'armoire normande. On avait parfois besoin d'une armoire normande pour se remettre sur pied, comme le lierre son mur de pierre, et entamer à nouveau l'ascension de soi-même. Le mari n'était donc pas à blâmer, pas plus qu'elle d'avoir fait ce choix, un choix de la raison, un choix de l'épuisement. C'était grâce à lui qu'elle s'était reconstruite, qu'elle avait réappris à se tenir droite, tout de même, qu'elle avait pu protéger ses enfants, et de tous les vents.

Elle ne lui en voulait même pas, mais elle voyait depuis un moment déjà, les yeux grands ouverts, à quel point ils ne se correspondaient pas. Lui, fasciné par la chanteuse Shakira, obsédé par la jeunesse qu'il cherchait à tout prix à maintenir en lui, à coups de crèmes antirides aux peptides de fruits. Il lui piquait ses masques éclat ou, après les vacances, ses prolongateurs de hâle. Il avait vingt-cinq ans dans sa tête, il s'en serait presque vanté. Il avait si peur de son âge, de faire son âge, qu'il aurait probablement tout donné pour sortir avec une fille de vingt-six ans. Elle le lui avait dit, très souvent, tandis qu'ils se disputaient autour d'une remarque, encore une. Qu'attendait-il pour aller se trouver quelqu'un qui colle à ses critères ? Des filles grandes, longues, jeunes, fermes, aux seins qui regardent le ciel, il y en avait pléthore, et si son modèle de femme idéale était Shakira, ce qu'elle ne pourrait jamais être, même après trente opérations de chirurgie esthétique, il devait partir à sa recherche. N'avait-on pas une seule vie ? Pourquoi la perdre en aigreur à se plaindre de sa femme ? Plusieurs fois, elle l'avait encouragé, qu'il y aille, et qu'on en finisse. Et de conclure que le débat volait très bas, et que tout cela ne le glorifiait pas. N'y avait-il pas – mon Dieu – autre chose que le physique ?

Ces idées néfastes lui étaient entrées dans le cerveau, et bien qu'elle se défende, et les trouve non seulement indignes mais profondément ridicules, voire pathétiques, elle s'était surprise, dès la quatrième année de vie commune, à regarder les autres femmes avec appréhension, voire envie – pitoyable péché. Voilà ce qu'il avait fait d'elle : quelqu'un qui redoute la beauté des autres femmes. Cela, elle qui aimait les autres, voyait en eux toujours le meilleur, elle qui croyait en son prochain, elle ne le lui pardonnerait jamais. L'obsession s'était installée en elle. Elle les regardait compulsivement, entre admiration et terreur. N'était-on pas censé se rendre meilleur dans un couple ? Aller vers le mieux de soi, de l'autre ?

Elle redoutait l'été pendant lequel, chaque année, il posait son regard sur elle, tous ces morceaux d'elle, fronçant les sourcils. Il ne supportait pas qu'elle porte des maillots deux-pièces – non, elle devait porter des une-pièce, plus « gainants », et de couleur noire. Elle éteignait toujours la lumière avant de se mettre au lit, terrifiée de laisser à la vue de celui qui partageait sa vie ces imperfections et autres cicatrices – trésors d'une vie vécue.

Pourtant, car rien n'est jamais simple, son mari avait envie d'une vie sexuelle avec elle. Mais c'était toujours dans le noir, et sous les draps, jamais en pleine lumière, jamais en la regardant vraiment, en observant ses seins, ses cuisses, son sexe, sa nuque, ses fesses, non, c'était toujours dans le noir. Si bien qu'elle en était arrivée à penser qu'il ne la désirait que lorsqu'il pouvait, visuellement, faire totalement abstraction d'elle. Un corps sans corps : une cavité, un orifice, neutre, permettant la projection d'images érotiques, comme sur un écran vierge, sans personnalité, sans vie, une absence. Il ne la caressait pas, ne passait jamais, dans la journée, la main où que ce soit. Elle était donc, selon ses conclusions, une épouse, fonctionnelle, notamment sur le plan social, une mère, tout à fait opérationnelle, et, sur le plan intime, donc, une cavité à portée de main. Une sorte de défouloir hormonal neutre, d'exutoire anonyme aux pulsions sexuelles, sans qu'amour il y ait. La nuit, c'était elle, mais ça aurait pu être n'importe qui. Elle sentait bien le désir, mais jamais que ce désir était pour elle, naissant d'elle, aboutissant en elle.

Son corps s'était mis au diapason de ces considérations, et pas plus aimée par les regards de son mari que par ses mains ou sa bouche, ou ses mots, elle s'était totalement désincarnée. Comme cette viande sans viande qui devenait le must de la tendance alimentaire dite des flexitariens, elle était désormais une femme sans femme à l'intérieur, une sorte de tofu humain. Prenant sur elle, se disait que cela n'avait aucune, mais alors aucune importance. La joyeuse ribambelle, tous ces enfants qui étaient de la lumière pure, de la joie, une émanation divine, cela valait bien un petit sacrifice. Sa douleur n'appartenait qu'à elle.

C'était un rendez-vous de travail. Quelqu'un qu'elle connaissait à peine lui présentait quelqu'un d'autre. Voilà tout. Elle était arrivée en avance – elle arrivait à tous ses rendez-vous en avance, elle ne savait pas faire autrement. Ce matin-là, elle avait pris cinq granules d'*Ignatia amara* 5 ch, pour éviter la timidité qui lui donnait l'esprit d'escalier, lui faisait répondre de travers à des questions simples, elle qui manquait, au mieux, d'assurance, au pire, de tranquillité. Le mois de juin avait pris toute la place, avec ses températures au-dessus des «normales saisonnières», son soleil éclatant, et les gens ne parlaient plus que de cela, il faisait chaud, il faisait si chaud. Aussi, ce jour-là, avait-elle choisi de porter une robe légère, achetée l'année précédente. Elle la porterait jambes nues, avec des talons, hauts, parce qu'elle avait envie, ce jour-là, de se sentir belle, ou de se montrer belle. Un effet de la chaleur nouvelle, certainement, à moins que ce ne soit l'homéopathie, car cela ne lui arrivait pas, ou plus. Une pharmacienne le lui avait recommandé : *Ignatia amara* enlevait toutes les craintes, même les plus enfouies, même les plus profondes.

Le restaurant, assez grand, n'était certainement pas un lieu intime. À treize heures quinze, il se trouvait bien rempli. Quelques touristes, çà et là, mais surtout des déjeuners d'affaires, des hommes en costume et des femmes habillées en couleurs sombres, plongés dans des conversations sérieuses. Elle avait donné, en arrivant, le nom de la femme qui avait pris l'initiative de cette rencontre. On lui proposa de s'asseoir mais elle préféra attendre debout. Quelques minutes plus tard à peine ils étaient là. La femme qu'elle connaissait – très peu, de loin, et d'autrefois – qui l'avait recontactée et avec laquelle elle avait bu un café, trois semaines auparavant, et lui. Elle avait accepté, plus par politesse qu'autre chose, en se disant qu'après tout, et comme le lui disait son mari, il faut rencontrer des gens, même lorsque l'on travaille déjà quelque part, on ne sait jamais, il est bon d'avoir des contacts. Elle se prêtait au jeu, rien de plus.

Ils se serrèrent la main. L'homme devant elle était souriant – un sourire qui venait surtout de ses yeux. Ses cheveux étaient fins, et clairs, une sorte de blond vénitien, pas un châtain clair, ni vraiment un roux. Sur la tempe, on devinait quelques cheveux blancs, mais très peu, sept ou huit, peut-être dix, et ils se confondaient avec le reste dans une douce harmonie. Il ne devait pas avoir tellement plus de quarante ans – peut-être quarante-deux, quelle importance. Il portait une chemise bleue à col Oxford, une veste en lin couleur tabac, et un jean. Il y avait quelque chose en lui d'un conquérant, on sentait qu'il n'avait peur de rien. Elle était assise en face de lui. Ou plutôt : il s'était assis en face d'elle. On lui avait proposé du rosé, ce qu'elle avait évidemment refusé, se sachant trop sensible à l'alcool. Elle n'en avait pas eu besoin. Lui en avait pris – un homme au mois de juin.

Le déjeuner ne parvenait pas à prendre un tour professionnel. Ils essayaient bien de s'accrocher à des sujets sérieux, mais la conversation déviait aussitôt. Ça ne les intéressait pas, ni l'un ni l'autre, ce qui semblait créer une certaine perplexité chez celle qui avait orchestré la rencontre. Ils ne trouvaient visiblement aucun intérêt à travailler ensemble, vraiment aucun. En revanche, ils semblaient tous deux s'amuser, et beaucoup. Elle riait maintenant franchement. Un rire sonore qu'elle ne se connaissait pas, et qui la ravissait. Le déjeuner n'était qu'éclats de rire – et lorsqu'elle riait elle balançait légèrement sa tête en arrière –, bonne humeur, traits d'esprit. Il était spirituel, fin, ne riait pas lui-même mais souriait d'un air tout à fait malicieux devant ses éclats de rire à elle. Tout ce qu'il racontait était passionnant et elle avait les yeux écarquillés devant tant d'intelligence. Et lorsque c'était elle qui parlait, il l'écoutait avec la plus grande attention. C'était très agréable, soudain, elle était comme libre – ou libérée – et elle se sentait tellement légère. Quelle était cette sensation nouvelle ?

À la fin du plat, elle avait suggéré qu'ils aillent tous les trois fumer une cigarette dehors. C'était une boutade, c'était idiot. Qui fumait d'ailleurs ici ? Ni elle ni la femme qui les présentait. Il fumait, et l'idée lui plaisait. Ils étaient sortis sur la terrasse, avaient fumé des cigarettes comme deux adolescents qui se croient invincibles (cœurs fragiles). Ils étaient assis autour d'une table ronde maintenant, et lui était à sa gauche.

Elle s'était tournée vers lui si bien que ses jambes à elle n'étaient pas sous la table mais apparentes, malgré un pudique croisement. Il lui avait semblé que par instants son regard s'était posé, mais peut-être l'avait-elle rêvé, sur ses chevilles.

Il y avait, dans ce moment simple, quelque chose comme une grâce. Trois personnes – et surtout deux – qui passent un moment ensemble, hors du temps, hors de tout. Et rient. D'un rien. Elle parlait d'elle, ouvertement, ils échangeaient, sur un tas de sujets, sans artifice, sans précaution, sans préparation, dans la sincérité de l'instant. C'était gentil. C'était merveilleux.

Lorsqu'ils s'étaient levés, pour aller fumer, il avait observé d'un trait sa silhouette, dans sa robe de soie verte, ceinturée, laissant ses épaules dénudées. Cela ne lui avait pas échappé – à elle. Qu'un homme la déshabille ainsi de la tête aux pieds – et surtout, de dos – l'avait fait sourire. Elle était donc peut-être encore, et contre toute attente, quelque chose comme une belle femme. Elle qui avait enterré cette idée depuis longtemps s'amusa un instant de cette étincelle, fugace, improbable.

Et lorsqu'il partit avec une heure de retard pour son prochain rendez-vous, elle réalisa qu'elle venait de vivre un moment différent. Vraiment différent de ce qu'elle vivait. C'était peu de chose, rien qu'un moment très, très agréable, dans une vie, mais ça lui avait fait un bien fou.

Elle avait quitté le restaurant joyeuse, extrêmement joyeuse, pleine d'entrain, de vie, mettant tout cela sur le compte de la météo, clémente.

De retour à son bureau, elle réalisa qu'elle avait complètement oublié de le remercier, pour le déjeuner.

Devant son ordinateur, dans une absolue candeur, elle avait envoyé un message de remerciements – ils avaient, au début du déjeuner, échangé leurs cartes de visite. Quoi de plus banal.

Oublié de vous remercier de ce déjeuner, si joyeux.

Il avait répondu, moins d'une heure plus tard. Elle avait été surprise de la rapidité du retour.

Étais ravi de faire votre connaissance. J'espère avoir l'occasion de discuter avec vous à nouveau. Dites-moi lorsque vous avez des disponibilités.

Elle n'avait pas réfléchi en lisant sa réponse, mais quelque chose lui était parvenu, quelque chose l'avait atteinte. Elle ne se rendait pas compte de grand-chose, elle se sentait juste légère et heureuse. Envoyer un message et recevoir aussitôt une réponse, c'était très agréable. Ou plutôt : avoir apprécié quelqu'un et découvrir que cette personne nous a tout autant apprécié, c'était nouveau.

Il n'avait pas commencé son mail par « Chère », ni terminé par son prénom et son nom. Il était entré ainsi, dans sa vie, presque par effraction.

Elle avait adopté le même système :

Suis disponible lundi prochain, et jeudi suivant. Début de journée, ou fin de journée, à votre convenance.

Le soir, chez elle, devant tous ses enfants, et son mari, elle l'avait dit : elle avait rencontré, au déjeuner, quelqu'un d'absolument extraordinaire. C'était sorti d'elle, comme ça. Et elle l'avait répété. Quelqu'un d'absolument extraordinaire. La jeune étudiante qui s'occupait de surveiller leurs enfants jusqu'à leur arrivée était encore là, en train de mettre son blouson, de regrouper ses affaires avant de partir, et elle avait répété, avec étonnement : absolument extraordinaire ? Ah oui ? Pourquoi extraordinaire ? Et là, tous les adjectifs qui s'étaient échappés de sa bouche avaient rivalisé d'éclat. Elle avait stoppé, assez vite, son énumération, comprenant que certaines choses, ou plutôt certains moments peut-être ne se partagent pas. Du reste, à part la jeune fille, personne n'avait vraiment relevé quoi que ce soit. Ses yeux qui brillaient déjà, son cœur en joie, sa légèreté, ni même cette robe qui lui allait un peu trop bien.

Dans la soirée, elle regarda machinalement ses messages. Il avait répondu.

Lundi 9 : 00 ?

Elle avait regardé ce « Lundi 9 : 00 ? » avec étonnement. Pressentant soudain quelque chose. Quelque chose de très flou, imprécis, mais quelque chose. En elle.

Elle hésita un peu. Et tandis que son mari pestait sur le lave-vaisselle qui laissait des traces sur les verres, elle répondit.

9 : 00. Parfait.

Vingt minutes plus tard, elle reçut un message lui indiquant le lieu de rendez-vous.

Nous aurons du temps, avait-il précisé.

Le week-end avait été tranquille. Elle n'avait pas pensé un instant à son rendez-vous. Son mari était de bonne humeur, il fallait en profiter, et ils partageaient les joies simples de la vie familiale. Apprendre au plus jeune de leurs enfants à faire du vélo, aller se promener, tenter d'aller voir une exposition et finalement y renoncer, découragés par la queue, manger des melons, même si de l'avis de tous ils n'étaient pas assez sucrés, il faudrait attendre un peu encore, discuter avec leurs enfants, vérifier les heures de retour des uns et des autres, arbitrer leurs disputes aussi, qui avait piqué le chargeur de qui, sortir pour acheter du pain parce que les trois baguettes avaient déjà été dévorées, se partager les blancs et les cuisses de deux poulets rôtis, quelques larmes parce que le plus petit s'était cogné en jouant au ballon dans la cuisine malgré les mises en garde, rappeler tout le monde à l'ordre pour les devoirs – et voilà, le week-end était passé, comme ça. La douceur était là, celle qu'elle avait toujours recherchée. Les enfants s'étaient mélangés, avaient grandi ensemble, et tout le monde s'aimait, se disputait, pleurait, selon les moments, les jours, les heures. On ne s'ennuyait jamais, il n'y avait pas de temps mort.

Ce dimanche soir, elle s'était interrogée sur la tenue qu'elle porterait le lendemain. Si la discussion prenait un tour professionnel – après tout, c'était bien pour cela qu'ils avaient été présentés –, elle devait arborer un air plus sérieux. Elle avait opté pour un chemisier bleu marine, boutonné presque jusqu'en haut, et un pantalon noir. Mais des talons, tout de même, des talons.

Elle avait couché son plus petit, lui lisant une version très abrégée de *Robinson Crusoé*, en sept chapitres et seulement vingt-quatre pages. Son fils avait été très impressionné – c'est à vrai dire surtout cela qu'il avait retenu – par Vendredi, cet homme que Robinson avait sauvé un vendredi, et qui était devenu son meilleur ami. Qui avait sauvé qui ? Puis elle était passée voir les grands, les filles dans une chambre, les garçons dans l'autre. Elle voulait plus que tout leur équilibre, construit chaque jour, par elle et par son mari, dans ce cadre bien carré, rassurant, solide.

Elle s'était couchée la première. Voilà que son mari s'était un peu énervé encore de quelque chose – les affaires de certains de leurs enfants traînant partout – et elle s'était contentée de soupirer pour ne pas recommencer une de ces discussions dont ils avaient le secret, qui commençait toujours de manière relativement civilisée, pour se dégrader rapidement, et carrément dégénérer – la porte de leur chambre soigneusement fermée. Elle n'en avait pas l'énergie, pour la millième ou la dix millième fois. Elle avait éteint sa lumière et n'avait pas répondu, décidant qu'il valait bien mieux faire semblant de dormir. En guise de réponse à son agacement, elle s'était contentée de dire : je suis fatiguée. Il s'en était agacé davantage, trouvant qu'être fatigué n'est pas une réponse, et devant l'hostilité affichée de celui qui partageait sa vie, encore un reproche, toujours un reproche – était-elle une si bonne mère, à accepter leur désordre ? était-elle du reste ordonnée elle-même, pour tolérer cela ? –, elle avait ressenti une sorte de mal de ventre. Demain serait un autre jour.

Le lendemain, ils s'étaient donc retrouvés. Elle était arrivée en avance. S'était assise là, tranquillement. Dans le fond du café, sur une banquette en skaï bordeaux. Il était encore temps de partir, lui disait une petite voix en elle. Mais non, elle restait.

Lorsqu'il était apparu, il lui avait semblé différent, physiquement, de la première fois. Voilà qu'elle regardait la forme de ses yeux, qu'elle détaillait le mouvement de ses cheveux, qu'elle observait sa bouche, son nez, son sourire, ses mains. Elle en avait une curiosité nouvelle. Il n'était pas beau, non, il était beaucoup mieux que ça. Elle n'avait pas souvenance d'un regard aussi expressif, déjà tellement attachant, d'un visage aussi lumineux, et tendre. Sa manière de se tenir était singulière. Il y avait là quelque chose de très masculin. Ses épaules possédaient leur langage propre, elles étaient rassurantes, bienveillantes, protectrices, mais tout autant, puissantes, presque fières. Parfois, il baissait un peu les yeux. Mais il les rouvrait, en grand, aussitôt. Parfois, son regard partait très vite à droite, puis à gauche, sans qu'il bougeât la tête, puis revenait se poser sur elle. Parfois son visage semblait penché vers elle comme si déjà, il avait baissé les armes. Elle n'en revenait pas de trouver un homme aussi – et bien qu'elle s'en défende, et bien qu'elle n'ait jamais imaginé qu'une telle chose puisse se produire – aussi quoi ?

Il avait commandé une orange pressée, elle avait pris une San Pellegrino, avec une rondelle de citron. Il la regardait d'une manière étrange, elle aurait juré qu'il y avait quelque chose comme de la tendresse dans son regard, peut-être, même, comme du ravissement. Par instants, c'était comme si ses yeux plongeaient en elle. Ils parlaient de tout, de rien, parfois même ils ne disaient rien, on sortait du cadre. Le temps passait, mais cela n'avait aucune importance : il avait pris du temps pour elle.

Il recommanda une orange pressée, elle resta avec son eau gazeuse. Il était drôle, vif, intelligent. Non pas charmant, non, mieux que ça. Il était profond, intense, entier.

Il parlait de son métier, mais très peu, il l'écoutait surtout. Et elle, qui n'en avait pas l'habitude, se livrait à lui. Elle parlait, sur un ton léger, de son travail, en quoi il consistait, de ce qu'elle avait fait avant, de son parcours sinueux, elle avait mis du temps à se trouver ; confiait des choses anodines, ponctuées par des éclats de rire, comme son habitude de commencer les livres par le dernier chapitre, parce qu'elle ne supportait pas l'attente du dénouement, ou des choses moins anodines, comme le fait qu'elle espérait se sentir un jour enfin un peu plus assurée, ou encore elle parlait d'un article lu récemment et qui l'avait étonnée, mais elle n'évoquait rien de ce que l'on appelle la « vie privée », et elle ne parlait pas de ses enfants.

Il écoutait, souriant, bienveillant, comme assoiffé de ce qu'elle disait.

Lui, bien sûr, c'était le Dormeur du Val. Un homme d'apparence paisible. Il avait, non pas « deux trous rouges au côté droit », mais une place vide, là, à gauche. Il n'avait pas besoin de le dire. Cela criait. Il confiait, sans gravité aucune, qu'il ne faisait, à vrai dire, que travailler. Mais c'était là ce qu'il avait choisi, et il en était heureux.

Au bout de près de deux heures, il s'était excusé auprès d'elle, devant se rendre à une réunion. Ils s'étaient dit au revoir en s'embrassant sur les joues, comme deux amis, parce qu'il n'était plus possible désormais de seulement se serrer la main. Et que peut-être, déjà, ils avaient besoin de se respirer, sans que ni l'un ni l'autre en fût conscient. Au ralenti, cela donnait ceci : deux visages qui s'approchent l'un de l'autre en se regardant droit dans les yeux, et dévient de l'axe, pour que le nez de l'un finisse presque dans les cheveux de l'autre, juste au-dessus de l'oreille, et recommencer, encore, de l'autre côté.

Pendant ces presque deux heures, elle avait observé son visage, encore et encore. Il lui plaisait, elle s'y sentait bien, comme s'il était un lieu où vivre. Il y avait là quelque chose de familier, d'étrangement familier. Sans pouvoir dire vraiment quoi. Elle avait été très heureuse de ce rendez-vous, en avait apprécié chaque instant. Un rendez-vous sans fausse note. Sans séduction, non, mais le cœur à nu. Chez elle, chez lui. Elle l'avait perçu immédiatement. Car il y avait quelque chose de singulier dans le visage de cet homme. Tout se lisait, la moindre émotion, la plus infime étincelle de joie. Il était un livre ouvert. Et elle aimait ça.

À son bureau, elle avait eu du mal à se concentrer sur son travail. C'était beau de faire des rencontres. Elle n'en pensait rien de plus, n'osant pas s'aventurer, pas encore, en cette partie d'elle-même qu'elle ne connaissait plus, une terre lointaine, perdue, engloutie. Il lui avait écrit :

Étonnant de voir comme on peut se sentir bien, en compagnie de quelqu'un, soudain. Vous me direz si vous avez un déjeuner libre, la semaine prochaine.

Elle s'était sentie rougir. Ses joues chauffaient. Tout à coup, presque aérienne. Et en même temps, la vague sensation de commettre une faute. Une faute ? Non, retrouver la joie ne pouvait pas être une faute.

Avec plaisir. En fin de semaine prochaine, indifféremment jeudi ou vendredi.

Vendredi ?

Vendredi.

Alors qu'elle était dans un magasin, soudain, son visage avait rencontré un miroir, et de manière imprévue. Un instant, elle avait cru voir son visage à lui : leurs cheveux avaient la même couleur, la même finesse, leur mouvement était comparable, leurs yeux avaient la même forme, en amande, ils étaient d'un brun tirant sur le vert, leurs peaux étaient identiques, une peau claire, une peau de roux et de rousse, et plus encore et mieux, la forme de leurs visages était la même. Elle le voyait en elle et c'était une surprise, cela ne lui était jamais arrivé, jamais.

Il lui envoyait des messages, maintenant, sur son téléphone. Ils étaient simples, bien écrits, courts, retenus.

L'été est là depuis ce matin, je pense à vous.

Pas le moindre effet de style, pas la moindre fioriture. Son écriture était directe, précise. Elle y répondait aussitôt, sans réfléchir, sans calculer, sans autre intention que d'attraper la balle au bond, et pour cela de s'élancer dans l'air, de toute sa musculature. Il envoyait à nouveau quelque chose, un peu plus tard.

Elle ne guettait pas les messages, ils arrivaient. Ici, point d'attente, point de douleur, tout était simple, naturel. Quelle était cette joie nouvelle : être l'objet d'un regard, d'une considération. Quelle était cette joie nouvelle : sentir son cœur battre, et s'élever haut.

Elle n'effaçait aucun des sms de son téléphone. Du reste, elle ignorait jusqu'à l'existence d'une telle fonction – elle n'avait jamais eu à le faire. Certains messages ne parlaient de presque rien. Il lui avait écrit un jour qu'il était sur ses terres, loin de Paris. À l'est. Qu'il était sous un arbre, et qu'il venait de manger une cerise. Elle lui avait aussitôt répondu qu'elle préparait une compote d'abricots. Elle se retenait de lui dire tout ce qui la traversait, toute son exaltation, son amour naissant, la métamorphose qui s'opérait maintenant en elle. Déjà, elle n'était plus la même femme.

Cette subtile conjugaison de faits et gestes, de regards et de mots, de tout et de rien, de vide et de plein. Tout la nourrissait, la présence comme l'absence, l'inconnu comme le connu, l'amour pour lui, naissant, et l'amour qu'elle recevait de lui, déjà, en demi-teinte, pudique encore mais qu'elle sentait plein. Ce n'était pas même du désir, du stupre, de l'avidité sexuelle, non, c'était l'union du cœur de deux enfants devenus grands. De la pureté, avant toute chose. De l'entièreté. S'aimer légèrement, profondément, même sans se voir, comme si rien n'existait que cela, lui, elle, un arbre, une cerise, une compote d'abricots.

Elle ne mangeait plus, soudain. Son appétit était coupé. Elle faisait la cuisine pour tout le monde, mais elle ne prenait rien. Un croûton de pain, une demi-pomme, un petit morceau de fromage. Elle n'avait aucune envie de sucre, le chocolat ne la tentait plus du tout. Son mari ne s'intéressait pas suffisamment à elle pour avoir noté le moindre changement. Il ne l'avait pas remarqué, comme il n'avait pas relevé l'étincelle de vie, à nouveau brillante, dans son regard.

Ce jour-là, ils s'étaient retrouvés pour déjeuner. Elle était arrivée un instant après lui au restaurant. Elle portait une robe bleu marine, en coton, dont le décolleté dessinait des petites marches d'escalier. Un jour délicat permettait de deviner encore un peu de peau. La taille était ajustée, mais la robe fluide. Ses ongles étaient faits – du rouge – et ses cheveux relevés. Lui était comme il était : un chevalier. Fort, solide, émouvant aussi avec son visage d'enfant, la douleur à fleur de peau mais un sourire merveilleux, et ses yeux extraordinaires : grands, pleins d'espérance, prêts à croire.

Le miracle était là, sans nul doute. Ils le vivaient ensemble, pleinement. Sans savoir trop comment le qualifier, sans vraiment vouloir le qualifier. Ils avaient commandé la même chose. Comme au premier déjeuner. Comme elle se sentait transportée par lui, ses mots, simples, sa seule présence, elle le lui dit. Il répondit qu'à l'instant où il l'avait vue, il avait su.

Il avait prononcé le mot : une évidence. Quelque chose qui – pour reprendre une formule de son professeur de philosophie, à elle, en terminale – « ne peut pas ne pas être ». Qui va puiser dans des racines lointaines, originelles, mystiques. Ils étaient accordés en tout, c'était ainsi. Leur rencontre tenait du miracle, et le miracle s'était produit.

Pour la première fois, dans sa vie à elle. Le sentiment qu'elle avait trouvé, enfin, bon port. Non pas pour arriver mais pour partir, loin. Au plus près du soleil. Il la regardait comme il lui semblait n'avoir jamais été regardée. Était-il possible qu'il l'aime, déjà, d'emblée, d'instinct, comme s'ils s'étaient aimés tous deux depuis toujours et qu'enfin Dieu ait accepté, consenti, à les réunir. Pourquoi maintenant et pourquoi eux ? Tandis que l'une était mariée, qu'il l'était aussi ?

Elle lui dit qu'elle ne voulait pas abîmer sa famille, jamais, ni marcher sur le cœur de ses enfants, et que quoi qu'il advienne, aussi fort que puissent battre les cœurs, rien n'était, rien ne serait possible entre eux.

Il lui répondit calmement qu'il en était de même pour lui. Il ne supporterait pas de ne pas voir ses enfants chaque jour. L'*une semaine sur deux*, l'*un week-end sur deux*, *du jeudi au lundi*, ou je ne sais quelle autre combinaison, lui était inenvisageable.

Il ne faudrait rien abîmer des autres. Pour ces « autres », mais aussi, à bien y réfléchir, peut-être aussi pour eux-mêmes : chacun d'eux faisant partie de ce groupe des « autres ». Et pour cela, ne rien faire. Non, ne rien faire, du tout. C'était dit. Cela avait été formulé, très clairement.

Ils ne feraient jamais l'amour, jamais
Ils étaient d'accord
Ce serait leur pacte

Alors ce qu'ils vivraient, et comment, cela demeurait un grand mystère. S'ils vivaient quelque chose. Mais même s'ils ne vivaient rien, ils vivaient quelque chose, puisque le peu qui était là lui était, à elle, un tout, enveloppant, merveilleux. Et ce peu était déjà si fort et si beau. Rien que cela, elle aurait vécu.

Il lui dit qu'il la trouvait belle. Tellement belle. Qu'il avait regardé son corps, qu'il devinait splendide, ses hanches, ses jambes, ses mains, longues, ses pieds, adorables dans ses chaussures ouvertes, sa grâce, son élégance, la manière qu'elle avait de tenir sa tête, son rire, sa voix, à peine rauque, presque italienne, ses poignets, et son visage, et ses yeux, si merveilleux. Et les taches de rousseur, sur ses épaules, fines, ravissantes. Il lui dit qu'elle était rare, unique, une femme, une seule. La seule, la plus belle. Superbe.

Elle manqua de se trouver mal. Et elle le lui dit. Tant. Tout. Qu'il était l'homme dont elle avait rêvé toute sa vie, sans pouvoir plus croire à son existence. Elle se fichait pas mal de tout dire. Elle n'avait pas peur.

Ils se regardaient. Elle n'avait pas touché son assiette, lui non plus. Ils se forcèrent à manger un peu, tout de même, dans le silence.

À la fin du déjeuner, elle étendit son bras, et du dos de sa main, effleura le dos de sa main à lui. Juste un instant. Ils ne pouvaient pas ne pas avoir au moins vécu cela. Il la laissa faire, sans chercher à prendre plus que ce qu'elle offrait là. Il lui souriait, ses yeux à lui brillaient d'une gourmandise et d'une joie infinies.

Ils se dirent au revoir, sans s'approcher, et puis il le fit : déposer un baiser, vif, rapide, sur ses lèvres. Et il partit, sans se retourner. Elle était comme sous l'effet d'un sort, elle n'y croyait pas. L'amour en elle était immense, mais qu'en ferait-elle, qu'en ferait-elle? Elle ne pourrait en parler à personne. Cette lumière, elle devrait la garder pour elle, à l'intérieur d'elle-même, comme un trésor.

Appeler Gabriella. Lorsqu'elles se retrouvèrent, en toute fin de journée, son amie n'en crut pas ses yeux.

— Ça y est. C'est arrivé. Tu es juste la femme la plus rayonnante de Paris. Tu t'es regardée ?

— Non.

— Eh bien tu devrais. C'est simple, je ne t'ai jamais vue comme ça. En plus tu as minci. Tu as perdu quoi ?

— Deux kilos.

— Tu étais belle avant, mais alors là, tu es encore plus belle.

Elle ne parlait plus. Elle souriait.

— Bon, tu es raide dingue amoureuse, ça au moins c'est clair. Et alors visiblement lui aussi, donc c'est plutôt positif. Comme quoi, ça n'arrive pas qu'au cinéma.

Elle ne répondait pas.

— Pas de problème, tu as le droit d'être béate, silencieuse, même bête un peu aussi. C'est un état dont il faut profiter, parce que laisse-moi te dire que ça n'arrive pas tous les quatre matins. Ohé ? Tu m'entends ?

Elle éclata de rire.

— On a conclu un pacte.

— Ah. Si on ne complique pas, c'est moins drôle. Et alors ?

— Alors il ne se passera rien entre nous.

Cette fois c'est Gabriella qui éclata de rire.

— Rien, tu veux dire rien ?

— On ne fera pas l'amour ensemble.

— Impossible, ton truc.

— Possible.
— Impossible. Regarde dans quel état tu es là, moi je te dis que l'attraction des corps, c'est imparable. Ce sera peut-être dans longtemps, mais je ne donne pas cher de ta peau, enfin de vos deux peaux.
— Je t'assure.
— Je vois. On préserve l'équilibre familial, on ne va pas trop loin.
— C'est ça. Lui aussi.
— Oui oui, bien sûr. Dis à un homme que tu ne vas jamais faire l'amour avec lui, c'est ça. Tu sais ce que c'est, un homme ? J'y crois pas.
— Tu dois y croire, on l'a décidé.
— Alors un amour chaste, d'autrefois. Très beau aussi, remarque. Juste un peu frustrant à la longue. Il faudra peut-être te mettre sous Xanax, ou te boire six litres de camomille par jour. Parce que vu ton état, là, ton sourire, qui fait de l'ombre à la Joconde... Enfin, si vous avez décidé ça, je respecte, et même, je suis admirative. Parce que moi, imaginons que je le rencontre.
— Vincent Lindon ?
— Qui d'autre. Eh bien je ne me hasarderais jamais à ce genre de pacte. Mais l'amour est peut-être à réinventer. Après tout, vivons comme au Moyen Âge, c'est une idée.

Gabriella était éprise de Vincent Lindon. Qu'elle avait croisé, un jour, dans un restaurant japonais du VIe arrondissement. Il déjeunait, tout seul, à deux tables d'elle, en face. Il avait gardé pratiquement tout le temps son regard accroché à ses sashimi, à sa soupe miso, à son chou râpé, mais les rares fois où il avait levé les yeux, leurs regards, tandis qu'elle déjeunait elle aussi sans la compagnie de personne, s'étaient croisés. Elle en avait laissé tomber ses baguettes. Il l'avait vu et en avait souri. De son sourire – quel adjectif choisir – selon Gabriella : insurmontable. Et lorsqu'il avait quitté le restaurant, gentleman, il lui avait souri à nouveau et lui avait dit au revoir.

Cet « au revoir », simple, presque rien, l'avait renversée. Et elle demeurait hantée par cette voix, suave, unique. Elle aimait se remémorer « ce moment merveilleux » de sa vie. Elle fermait les yeux, le revoyait, debout, comme il était, plein de tics, et, lui souriant, dire au revoir.

C'était il y a deux ans, et depuis, elles en parlaient, de temps en temps. Au point de se demander s'il ne fallait pas trouver le moyen de susciter, après cette première rencontre, foudroyante, en tout cas pour elle, une autre rencontre. Mais ni l'une ni l'autre n'aurait su comment procéder, de plus Gabriella, qui n'appréciait, dans la vie, que l'organisation, n'aimait, en amour, que le hasard. Pas question.

— Bon enfin, l'important, c'est que tu irradies. Le soleil peut s'inquiéter. Tu lui fais une sérieuse concurrence.

Gabriella était une très jolie femme. Cheveux assez courts, plutôt grande, elle avait quelque chose d'une Charlotte Rampling jeune. D'une élégance presque stricte, elle s'habillait de couleurs sombres, de vêtements très classiques, son air de garçon manqué lui donnant du « chien ». Elle était d'une discrétion à toute épreuve, jamais un mot plus haut que l'autre, jamais un geste vulgaire, ni déplacé. Derrière ces apparences très tenues, et même, contenues, se cachait, évidemment, un cœur de tourterelle, prêt à palpiter.

Mais jamais n'aurait-elle, et du reste jamais n'avait-elle provoqué ni initié quoi que ce soit en matière de rapports amoureux. Elle s'en remettait entièrement à la vie et son ambassadeur le hasard, selon elle seuls habilités à orchestrer les rencontres.

Elle avait maintenant envie d'être belle, très belle. Voilà que malgré son emploi du temps bien rempli elle courait les magasins comme jamais auparavant. Elle essayait des robes, de toutes les couleurs, toutes les formes, des jupes, des chemisiers. Elle remarquait pour la première fois toutes ces femmes qui comme elle couraient les magasins, essayant des robes, des chaussures à talons hauts, réalisant tout à coup que vivaient dans cette ville des milliers de femmes amoureuses, comme elle, des milliers de femmes qui ne rêvaient que d'être belles, plus belles encore pour le regard d'un homme, un seul, qui les chavirait, entièrement. Est-ce que tous les achats de vêtements étaient commandés par l'amour, le besoin de plaire à quelqu'un en particulier – malgré tout ce que l'époque prétendait, s'aimer soi, se plaire à soi ? Est-ce que cette foule qui consommait était comme elle, éperdue d'amour ? Si c'était le cas, c'était magnifique, un phénomène dont aucun magazine ne parlait, aucun quotidien, aucune radio : « Ce matin encore quatre cent trente-quatre femmes follement amoureuses au deuxième étage des Galeries Lafayette». Soudain, toutes les femmes semblaient amoureuses, et cette pensée était un enchantement parfait. On ne voyait pas l'amour lorsqu'on n'aimait pas soi-même, mais dès qu'on était amoureux voilà qu'alors, comme à travers un filtre magique, on avait le droit de voir tout le bonheur du monde.

Elle s'était arrêtée dans une boutique qu'elle ne connaissait pas, dans le VIIIe arrondissement. Le genre de boutique où l'on se rend pour un événement d'une certaine importance. Les tissus étaient nobles, les coupes parfaites. La boutique était constituée d'un rez-de-chaussée, et, étrangement, d'un sous-sol. Elle en avait descendu les marches et s'était retrouvée dans un espace rectangulaire, attenant à une pièce hexagonale. Elle avait regardé les portants, attirée par les robes, les robes, et seulement les robes. Sa féminité, meurtrie, perdue, revenait à pleine force. Elle voulait souligner les courbes de son corps, sa taille, découvrir ses jambes, elle voulait des talons. Même sa manière de marcher n'était plus la même. Son corps s'était métamorphosé en un bonheur lascif, une invitation à aimer.

Elle avait essayé deux robes, puis une troisième, une quatrième, une cinquième. Qu'y avait-il de mieux, de plus beau qu'une robe? Une robe offrait une poésie et un romantisme subjuguant, quelque chose d'autrefois, au milieu d'une époque moderne. Au diable les pantalons qui signaient la libération de la femme, ses mouvements faciles, ses grandes enjambées, la course dans le métro. Qu'y avait-il de plus ravissant qu'une jolie femme dans une jolie robe ? Peut-être, sans doute, aurait-il répondu, si on lui avait posé la question, une jolie femme enlevant sa jolie robe. Avant d'ajouter : il n'y a pas de jolie femme, il n'y a que vous, rien que vous.

Il le lui dirait, un autre jour.

Elle regardait la lingerie, maintenant. Considérant tout l'érotisme d'une parure. Pas tant pour l'autre, qui n'en verrait jamais rien, il y avait le pacte, que pour le plaisir de partager avec soi-même ce désir d'amour. Quoi mieux qu'une culotte en dentelle de Calais pouvait se faire le complice d'un émoi ? Quitte à se sentir belle, vraiment belle et désirable, elle voulait l'être jusqu'au bout. Et voilà qu'elle arpentait les boutiques de lingerie, qu'elle essayait, ici, là, hauts et bas, bas et hauts, jamais de noir – trop évident – ni de rouge, vite vulgaire. Mais des couleurs inattendues, exaltées, comme elle l'était, comme était leur amour naissant. Du violet foncé, du marine, du taupe, presque kaki, si beau sur la peau. Elle découvrait, gourmande, toutes ces notes d'une nouvelle harmonie. Et dans la glace, elle se regardait avec ses yeux à lui, amoureusement, admirant et admirant encore ce corps, délicieusement désirable, complètement adorable.

Comme elle l'aimait, déjà. Source de lumière, source de vie, fraîche, limpide, pure. Lui, il l'aimait pour tout ce qu'elle était, comme elle était, il l'aimait. Il n'y avait pas de faute, pas d'erreur. Seulement l'évidence, le miracle. La grâce. Il n'y avait rien à enlever, rien à changer, rien à améliorer. Il n'y avait pas à maigrir, rien à masquer, à cacher, rien à refaire, comme le lui avait suggéré un jour son mari – qui n'était pas du tout contre la chirurgie esthétique, bien au contraire, qui trouvait qu'il aurait été dommage de ne pas profiter des techniques modernes, et tenter de s'améliorer, s'améliorer enfin pour ressembler, pour ressembler à quoi ? à qui ? Elle était allée voir un de ses vieux amis, chirurgien esthétique. Il avait regardé ses seins.

— Si ton mari a un problème avec tes seins, c'est lui qui a un problème. Ils sont très bien, tes seins.

Elle était belle comme une femme qui a vécu, souffert, qui en conserve précieusement la trace, les stigmates. Une vie, vécue. Rien de moins que cela. N'était-ce pas admirable, une poitrine légèrement tombante, n'était-ce pas émouvant ?

Combien de fois avait-elle eu envie de s'enfuir de là, de ce traquenard infernal, combien de fois s'était-elle sentie si laide, tellement pas à la hauteur, la hauteur de quoi ?

Gabriella l'avait récupérée, chaque fois.

— Un jour, un jour, crois-moi, un jour...

Elle débordait de sensualité, son visage était maintenant plein de lumière. Sa manière de s'habiller avait changé. Comme s'il était là, qu'il vivait en elle, et qu'elle voulait être, chaque instant, la plus belle pour lui. Et les gens qu'elle croisait, à son bureau, ou ailleurs, tous, le lui disaient. « Tu as l'air très en forme », « Cette robe te va très bien ». Les hommes la regardaient différemment. Elle surprit, bien qu'elle n'y prêtât pas particulièrement attention, quelques regards masculins appuyés, quelques sourires francs.

Voilà qu'elle avait envie de se remettre à la danse classique, d'étirer son corps, ses bras, ses jambes, dans des mouvements précis, exigeants, de travailler une souplesse nouvelle en les poussant à leur maximum. Elle se souvenait des positions, de certains enchaînements – d'il y a très, très longtemps.

Elle avait cherché puis téléchargé sur son téléphone un morceau de Franz Liszt, joué au piano par Brigitte Engerer, « Rêve d'amour ». Voilà qu'elle improvisait, dans son salon, toutes portes fermées, tandis que personne n'était encore rentré, une chorégraphie inspirée, intime, n'ayant rien à envier aux plus belles heures d'Isadora Duncan qui revendiquait haut et fort que la danse ne doit rien être d'autre que l'expression, libre, de l'âme. La sienne était légère, heureuse, telle une plume dans un vent léger, sous un soleil charmant, et elle vivait maintenant son amour pour lui par la danse, de toute son âme, de tout son être, bien qu'étant seule dans ce salon, sur ce parquet, et elle avait pour danser replié les tapis.

Le lendemain, elle était partie acheter une tenue de danseuse. Un justaucorps, couleur chair, des chaussons de danse, roses. Et des pointes, en satin. Y arriverait-elle, trente ans plus tard, comme elle l'avait appris, autrefois ? Franz Liszt, encore Franz Liszt, les notes tournoyaient en elle, et dans la lumière du salon, elle retrouvait une grâce, romantique, de jeune fille. Elle s'essayait aux pointes, cela faisait mal, mais elle tenait. D'un bout à l'autre du salon, canapés et fauteuils poussés, elle s'élançait entièrement, pour retomber sur ses pieds et s'élancer encore, et se calant, d'instinct, et dans l'instant, sans décalage aucun, au rythme du piano, respirant par lui, comme s'il lui dictait maintenant qui elle devait être.

Ses yeux ouverts, ou fermés, son port de tête comme il convient, soignant le mouvement de ses bras, et la position de ses mains et de ses doigts. C'était difficile, par moments, elle s'en fichait. La douleur ne l'arrêterait pas, rien ne l'arrêterait.

Il n'est pas simple d'aimer follement. Exaltée au-delà du possible par cette rencontre, par ces mots, par ces regards, par ces quelques rendez-vous qui avaient signé l'entrée dans le monde des possibles, et par son imagination à elle, son élan amoureux, infini, elle était sonnée. Comme si on l'avait fait tourner, tourner, tourner, très vite et très longtemps, et qu'on lui avait soudain lâché la main : elle peinait à retrouver son équilibre, sa direction, son sens commun. Pourtant, il ne s'était objectivement rien passé de nouveau.

Les maux de tête la harcelaient, elle se sentait mal. Nauséeuse. En vérité, terrassée par toutes ces émotions, bien que celles-ci soient, a priori, positives. Tout cela était trop pour elle, physiquement, et elle était épuisée. Vivre un tel amour n'était pas anodin, et le faire à son âge lui semblait maintenant pure folie. Seulement tout avait été balayé par le souffle, elle n'avait plus le contrôle de rien, encore moins d'elle-même. C'était peut-être cela, la fameuse « passion » – que l'on subit, dont on est le jouet, la victime peut-être, qui nous domine et fait de nous ses esclaves, consentants.

Elle comprenait maintenant le danger. Le danger de se perdre en croyant s'être trouvée. Le danger de croire au miracle. Le danger de tout donner et avec ce tout, se donner soi, entièrement. Le danger de brûler, vive, consumée par l'amour fou, et de finir en cendres. Elle n'avait plus sa tête, ne parvenait plus à aligner les chiffres, ni les mots, à s'occuper de rien, ni à son bureau ni chez elle. Elle se rendait compte qu'elle manquait à tous ses devoirs de mère, qu'elle ne faisait même plus les courses, qu'elle expédiait la cuisine avec du surgelé, du sous-vide, des paquets et des boîtes, elle qui détestait ça. Même le week-end, quand elle avait du temps. Elle n'avait plus la tête à ça, plus la tête aux « autres », elle qui avait été jusque-là une mère parfaite, exemplaire, préparant elle-même ses sauces tomate, ses ratatouilles, faisant ses tartes aux abricots, ou aux pommes, selon les saisons, ses gâteaux au chocolat, son quatre-quarts au citron, et se passionnant, sans faille jamais, pour ses enfants et sa famille.

Comment était-il possible qu'un tel revirement se produisît ? Justement, parce qu'elle leur avait tout donné, elle ne ressentait pas la moindre culpabilité de ne « plus être tellement là ». Et ce, bien qu'elle réalise que manquer à ses devoirs de mère ou d'épouse constitue, objectivement, un défaut. Elle était bien présente, physiquement, dans le même appartement, voire la même pièce, mais elle était ailleurs, en suspension dans l'air, évanescente, distraite. Habitée par le regard de lui, le sourire de lui, ce baiser furtif, ces mots qui arrivaient sur son téléphone et qui étaient désormais tout pour elle. Elle essayait de faire des efforts, très mobilisée et décidée à se rendre plus présente, mais ça ne donnait rien. À son bureau, elle parvenait encore vaguement à donner le change. Elle était depuis des années un si bon élément que même si elle ne faisait presque plus rien, personne n'aurait pu un instant imaginer qu'elle avait cessé d'être celle qu'elle avait été jusque-là : une collaboratrice parfaitement investie et dévouée. Elle pourrait encore faire illusion, un temps au moins. L'été était là, les vacances arrivaient, avec un peu de chance, elle aurait retrouvé son esprit, ses esprits, et, tout simplement, les pieds sur terre d'ici la rentrée. Parce qu'il ne s'agissait pas non plus de détruire tout, tout ce qu'elle avait mis tant de temps à construire. Elle pressentait et comprenait l'étendue de tout ce qui pouvait être anéanti, tant elle ne s'appartenait plus. Et elle essayait, sincèrement, de se raisonner, de se calmer. Perdre la tête, après deux déjeuners et un rendez-vous dans un café ? Deux mains qui s'effleurent, un baiser volé ? Elle essayait, mais elle n'y parvenait pas. Son cœur était celui d'une adolescente, d'une jeune fille, pour sa première fois, de quelqu'un qui n'a jamais vu la lumière, et l'aperçoit, là, devant elle, l'appelant. Dans son absolu, il n'y avait aucune place pour la timidité, la mièvrerie, la réserve. Et elle croyait en leur amour. Elle y croyait religieusement. Malgré l'âge et les responsabilités, elle était maintenant une cause désespérée.

Mardi ?

Un seul mot, la seule possibilité d'une entrevue, même lointaine, même brève, la renversait.

Ce qu'elle ne comprenait pas, et que Gabriella ne lui disait pas, c'est que l'exaltation qui naît de soi-même est une erreur, une impasse, une voie dangereuse, sans issue. C'est quelque chose que l'on crée tout seul, et qui en vérité exclut l'autre, une forme de narcissisme violent, de romanesque débordant qui ne respecte pas l'autre, n'attend pas ses réponses, se fait sans lui, et qui n'a, en conséquence, rien à voir avec le véritable amour, celui qui se vit à deux. Mais elle n'en était pas là, portant leur amour en étendard.

Ce mardi, ils s'étaient vus
Elle avait pris son visage entre ses mains
Il avait passé sa main autour de sa taille
Au fond d'un café
Puis ils s'étaient promenés, un peu, dans la rue
Il la dévorait des yeux, toujours
Rien ne changeait
Son esprit à lui la subjuguait
Tout ce qu'il racontait
Et sa manière de baisser la tête, de lever la tête, lui, de face, de profil,
profil gauche, profil droit
Il se passait la main dans les cheveux, les ramenait en arrière
Il était cultivé, amusant, spirituel
Et silencieux
Il savait se taire quand il le fallait
Mais surtout : la manière qu'il avait de la regarder
Une manière unique
Un homme assoiffé
Pour lui, elle était

Ce qu'il était pour elle
Une source de lumière
C'était évident
Cela se voyait
Il lui attrapait la taille, encore
Elle riait
Deux adolescents
Inconscients
Dans la ville
Assis de nouveau dans un café
Jambes nues
Plein été
Il regardait ses jambes
Courbe de ses mollets
Pour mieux en parler
Comme il la désirait
Elle était folle de lui
Ensuite, ils se quittaient
Se retournant
Une fois, deux fois,
Trois fois
Et lui restait là
Comme un illuminé
À la regarder, disparaître

Un jour qu'elle lui avait trop écrit, trop de sms, elle s'inquiéta. Il n'avait pas répondu tout de suite.

Et si elle était allée trop loin, trop vite ?

Elle réalisait qu'elle se comportait comme une fille de quinze ans. Éprouvant les mêmes inquiétudes.

Si elle avait commis un impair. Si elle l'avait fait fuir.

Cela fit remonter à la surface de vieilles émotions, atroces.

Elle avait appris, il y a bien longtemps, à ses dépens, qu'on ne peut pas aimer sans réserve, en donnant tout. Qu'il fallait demeurer un apothicaire, avec ses comptes, ses mesures, ses petites lunettes. Y avait perdu sa peau, plusieurs fois. Des couches et des couches de derme et d'épiderme, reconstitués depuis – le miracle de la cicatrisation.

Elle tentait de se rassurer en se disant qu'ils ne comptaient pas, ni elle ni lui, car ils s'aimaient, c'était évident, eux ils étaient différents des autres, différents de tout. Elle l'aimait. Elle ne faisait plus que cela. Pensant à lui au réveil, et quand elle dormait, au coucher, à chaque moment du jour, regardant le soleil, lui souriant, vieux complice de l'éternité.

Elle avait appelé Gabriella à la rescousse, se trouvant presque mal, plongée dans une terreur soudain abyssale. Qu'elle n'ait rien mangé depuis des jours et des jours (elle avait maintenant perdu quatre kilos) ne faisait qu'accentuer le choc. Elle avait peu de résistance désormais.

— Si vous en êtes là où vous avez l'air d'en être, crois-moi, il va te répondre.

Une heure plus tard, à peine, elle avait rappelé Gabriella.

— Il doit être bloqué dans un meeting, quelque chose comme ça. Sinon ce ne serait pas lui, pas toi, pas vous.

Et encore une heure plus tard.

— Je suis prête à prendre les paris : il va t'appeler dans les deux heures qui viennent. Si je perds, je te fais un énorme cadeau.

Elle avait accepté le pari, du bout des lèvres. Ne respirant plus, ne vivant plus déjà. Sans lui, c'est-à-dire sans elle-même.

Replongée dans cet état bien connu des femmes, de toutes les femmes, cet état anxieux, terrifiant, où l'on ne sait plus soudain où va son existence ni même si l'on a une existence, sorte de puits sans fond, implacablement noir et dense, comme huilé de pétrole brut. Aimer un homme : les abysses.

C'était comme si on lui avait tapé sur la tête : soudain elle ne pouvait plus marcher, plus travailler, plus rien. Et lorsqu'elle arriva, tant bien que mal, à son rendez-vous, elle n'était plus que la moitié d'elle-même. Sur un fauteuil, la nuque relâchée en arrière, plus aucune force dans ses jambes, ses bras, son corps, rien, l'estomac noué au-delà du possible, prête à rendre l'âme.

On lui apporta en catastrophe du sucre, un Coca-Cola (rouge), des biscuits, des bonbons au citron et d'autres à la menthe. Chacun y allait, des six personnes présentes, de sa petite attention. Elle était très appréciée ici – une si bonne collaboratrice –, et bien que ce ne fût pas du tout dans les codes du travail, de la bienséance, de ce qui se fait ou ne se fait pas, personne ne songea à en faire un commentaire, un ragot, un dénigrement. Cela arrivait.

Elle reprit vie, doucement, un peu de couleurs, à peine, et la réunion put commencer. Elle fit un exposé de la situation à son client. Elle répondait à toutes les questions qui se posaient, laissant chacun satisfait. On la remercia. Elle eut un sourire. Tandis que le « grand » directeur à son tour expliqua pourquoi il y croyait, et pourquoi, évidemment, il validait, elle sentit une petite vibration, légère. L'air de rien, elle sortit son téléphone de son sac.

Jamais vous ne me dérangez
Jamais
Je crois que vous n'imaginez pas
À quel point vous me manquez
À quel point je pense à vous
Vos yeux
Votre sourire
Vos hanches
Vos mains
Ne soyez jamais gênée d'être spontanée
Regardez je le suis moi aussi

Votre nuque encore et encore
Je voudrais l'embrasser
Ramasser vos cheveux, et l'embrasser
Vous êtes très belle

Soudain : de la joie pure lui était entrée dans le corps.

Un feu d'artifice.

Non, avec lui : ne jamais avoir peur, de rien, ne jamais douter.

— Tu as maigri, lui dit Elsa, bras droit du directeur. Ça te va très bien. Mais tu dois manger un peu, si tu ne veux pas tomber dans les pommes comme ça. Tu fais un régime ?

Elle avait secoué la tête, de gauche à droite, comme une enfant.

Elle avait rangé ses affaires et s'en était allée.

Marchant sur des nuages, sur du coton.

Il était parti à Marseille, pour deux jours. Il lui avait écrit de là-bas. Lui racontant la mer, d'un bleu profond, le ciel, aussi beau. Les bateaux de pêcheurs, les maisons accrochées sur les collines.

La Méditerranée est superbe
J'ignorais qu'elle m'avait tant manqué
Pourquoi n'êtes-vous pas à mes côtés
Bon sang

Marseille, elle y était allée, elle aussi, l'année précédente, avec ses enfants, pour la première fois de sa vie. Découvrant, émerveillée, ce port et ce rivage qu'elle ne connaissait pas.

Elle était là, devant son ordinateur, à chercher dans tous les sens. Où pourraient-ils se retrouver, tous les deux, un lieu protégé, fermé, loin des regards. Aucun restaurant, café, bar, ne convenait, pas d'hôtel, encore moins. Il y avait un pacte à respecter ici.

Le lendemain, c'est lui qui trouva. Le cinéma.

Ils se verraient sur les Champs-Élysées. En pleine semaine. Pour cela, elle avait reporté deux rendez-vous. Cela n'avait pas posé de problème. C'était le mois de juillet, elle était en avance sur son travail. De toute façon, les esprits étaient déjà ailleurs. Celles et ceux qui ne partaient qu'en août passaient, depuis quelques semaines, leur heure de déjeuner à parler de leurs projets, à profiter du soleil qui inondait les terrasses, ou, pour certaines, à courir les magasins pour s'acheter le paréo manquant, les maillots de bain ou les shorts, pour elles ou leurs enfants.

Elle avait réfléchi à sa tenue. Ni un chemisier échancré, ni qui se déboutonne. Elle ne voulait pas un vêtement de séduction, pas de jupe fendue ni de robe, tiens, qui invite la main à s'aventurer sur les cuisses, et plus haut. Elle voulait de la poésie, de l'impossibilité. Un pantalon noir, correspondant à sa retenue, sa réserve, presque désespérant : merveilleux. Elle avait choisi un haut rouge, foncé, au ras du cou brodé de petites perles de nacre, aux manches courtes. Et des escarpins, de la même couleur.

Il était là, devant le cinéma, et il ne la vit pas arriver. Il était perdu dans ses pensées, charmant dans sa manière de tenir sa tête. Lorsqu'elle traversa l'avenue, hors des clous, pour le retrouver, il l'aperçut enfin, et sourit. On aurait juré qu'il s'agissait là de deux adolescents ayant écarté toute leur bande de copains, pour un rendez-vous dont eux seuls avaient le secret. Ils se dirent bonjour sans s'embrasser, comme ça. Les regards suffisaient pour le moment. Pourquoi s'embrasser sur les joues alors que l'on fait ça avec tout le monde ?

Il n'y avait personne, ou presque, qu'eux. Non, personne ne se rendait au cinéma un mardi à quatorze heures, pour voir un film d'art et d'essai en version originale. Aujourd'hui que l'on pouvait tout télécharger, seuls des idéalistes ou des personnes âgées faisaient ce choix, tout à fait original, voire militant. En avance de cinq minutes, ils regardaient la rue, elle regardant la rue, lui regardant la rue, puis la regardant. Il souriait. Il souriait, apparemment encore surpris de ce rendez-vous, qu'il lui avait pourtant donné. Où iraient-ils comme ça ? Espiègles, amusés, complices de la suprême transgression, s'autoriser du rêve, de la poésie, de la liberté, en pleine journée, en pleine semaine, en pleine vie, en plein Paris, recréer une forme nouvelle et élaborée de l'enfance.

Ils entrèrent dans le cinéma, il avait déjà pris les places.

Le titre du film, le sujet du film, quelle importance.

Salle obscure, chacun respire l'autre, sans en être tout à fait proche. Elle voyait son profil, éclairé par l'écran. Comme elle l'aimait. Elle l'aimait. Il la regardait.

Ils se prirent la main. Il embrassa sa main.

Elle mit sa main sur son bras, sur sa poitrine, la glissa sous sa chemise, déboutonna un bouton pour l'y passer mieux. Elle sentait maintenant son torse, brut, chaud, incandescent, irrésistible, cette peau qui était faite pour elle, qui l'appelait, qui la réclamait. Puis elle retira sa main, pour placer sa tête sur son épaule. Il avait tourné son visage vers elle, il la regardait, la trouvait belle. Ses yeux criaient qu'il la trouvait belle, tellement belle, et elle recevait chacun de ces cris silencieux en plein cœur. Il approchait son visage, respirait ses cheveux, elle prenait sa main, il regardait ses doigts. Jamais elle ne s'était sentie si vivante, ni tant aimée, de sa vie, sa vie entière. Aimée, chérie, entièrement, justement, dans sa totalité, son unité reconstituée.

Ils s'étaient embrassés.

Il fallait se tourner complètement, ce n'était pas facile, ni confortable, mais ils le faisaient.

Elle avait pris sa main encore, dans sa main, et approché son poignet à lui de sa bouche à elle. Elle avait posé sa langue sur sa peau. Un peu acide, un léger parfum de tabac, le goût du sel. Elle était très heureuse de connaître le goût de sa peau, elle saurait maintenant quoi imaginer, lorsqu'ils ne seraient pas ensemble. Lui collait sa bouche sur sa nuque, soulevait ses cheveux, les respirait encore. Il mettait sa main sur sa hanche, l'attrapait, littéralement, comme émerveillé de sentir cette structure osseuse. Il avait trouvé l'interstice entre son haut et son pantalon, mais sans remonter, ni chercher à descendre, il était heureux de cette peau offerte, seulement quelques centimètres carrés. Un tout petit territoire, mais intense. Il avait chaud, elle avait chaud, c'était ainsi.

Elle promenait ses doigts sur sa cuisse gauche, maintenant. Ne faisant rien de plus, rien de moins. Traçant des cercles, des arabesques. S'orientant vers l'intérieur de la cuisse, repartant vers l'extérieur. Il avait fermé les yeux. Comme il était beau.

Les meilleures choses ont une fin, dit-on, et le film se termina. Ils se levèrent, mais pas tout de suite, laissant défiler encore le générique. Profitant de ce temps, si proches l'un de l'autre, à se sentir, se respirer, se vivre l'un et l'autre, chacun et l'autre et soi, dans une apothéose de l'instant, parfaite, complète.

Vous êtes si belle
Mes mains sur vos hanches
Je ne savais plus ce qu'était embrasser

Et elle :
Presque phosphorescente
Tellement vous avez mis de lumière en moi

Cent ans, cent ans. Elle se sentait prête à l'aimer pendant les cent prochaines années.

Elle le lui écrivit.

Suis prête à vous aimer pour les cent prochaines années.

Cent ans ?

Cent ans.

Vous aller vous ennuyer. Je ressasse les mêmes histoires, suis obsédé par les mêmes livres, les mêmes ambitions.

Tant mieux si je m'ennuie

Vous aime

C'est dit.

Ça y est, c'était dit. Au diable ce qui se disait ou non, au diable ce qui se faisait ou pas. On ne vivait qu'une fois et elle voulait vivre, vivre de cet amour et vivre cet amour. Et s'il devait ne rien se passer entre eux, jamais, que des mots échangés, que des regards, au moins qu'il sache comment elle l'aimait : totalement, et pour l'éternité.

Trois jours plus tard, ils s'étaient retrouvés dans un bar d'hôtel. Un endroit élégant, aux couleurs feutrées. Il était dix-huit heures trente, et déjà des hommes ou des femmes se retrouvaient pour boire un verre ou un thé, tout en parlant affaires, ou d'autres choses, mystérieuses.

Les canapés étaient rouges, les épais rideaux de velours étaient rouges, d'un rouge sombre, intense, théâtral. Elle l'avait rejoint, alors qu'il était encore debout en train de vérifier les messages sur son téléphone.

Ils s'étaient assis l'un en face de l'autre, se souriant, heureux de se retrouver, encore une fois, puis il s'était installé sur la banquette, à côté d'elle. Ils se dévoraient des yeux, sans rien dire de particulier. De temps en temps il disait quelque chose, de très joyeux, de très amusant, et elle éclatait de rire. Elle tentait d'être aussi spirituelle que lui, la barre était haute, mais elle y parvenait : l'amour la transformait, faisant d'elle une sorte d'être amplifié, de tout et notamment d'esprit, et d'humour.

Il avait pris sa main, l'avait embrassée, elle avait plongé ses doigts dans sa chevelure de roi, du côté droit. Il avait passé sa main dans son dos, comme pour sentir, sous les vêtements, sa cambrure, puis la naissance de ses reins.

Elle avait approché son visage du sien, respiré ses cheveux, son cou, puis s'était légèrement éloignée de lui, pour reprendre la conversation où ils l'avaient laissée. Et s'émerveiller, encore, de la fossette se dessinant, là, à droite de son sourire.

Elle avait posé sa main sur sa cuisse, en faisant le tour complet, en évaluant le volume, la musculature, la densité. Il la dévorait de son regard d'homme affamé, et elle se laissait dévorer, les yeux de l'un plongeant dans les yeux de l'autre, profond.

Il regardait maintenant devant lui, satisfait, heureux, tranquille. Et elle observait à présent son profil, équilibre subtil entre des forces, le dessin carré, abrupte, presque au couteau, de sa mâchoire, son nez, plus qu'un nez, un destin, qui affirmait mieux que tout qui il était. Son sourcil, fourni, brun, son front, large, puissant. Le mouvement de ses cheveux était unique, et l'aurait rendue folle. Il formait une sorte de S, très souple, la boucle inférieure étant de taille bien moindre. Ce mouvement, à l'extrémité de ses cheveux, exprimant une énergie, une vitalité, un élan, suscitait chez elle une émotion intense et aurait fait d'elle la plus fervente des dévotes. Les quelques cheveux blancs étaient pour elle un absolu irrésistible. Sa barbe de trois jours accentuait encore l'impression de virilité tranquille qui émanait de lui. Il l'embrassa, à pleine bouche, prenant son visage entre ses paumes, puis passa une main autour de sa taille comme pour la prendre, entièrement, et elle crut perdre la raison. Puis il relâcha son emprise, et elle put respirer à nouveau. Ils avaient commandé comme d'habitude – une habitude, déjà – une orange pressée et une San Pellegrino, avec une rondelle de citron.

Elle avait croisé les jambes, il lui caressait maintenant une cheville, s'attardant sur la malléole, glissant jusqu'à la naissance du talon, son pied étant légèrement sorti de son escarpin, il en profitait et passait ses doigts sous le talon puis sous la plante des pieds. Voilà qu'il lui attrapait le talon. Le serrait dans sa main, comme une prise, une conquête prodigieuse. Il était revenu à sa jambe, son mollet et sa courbe simple, son genou et sa complexité, sa cuisse, mais vite, sa hanche, sa taille. Personne ne le remarquait vraiment autour d'eux, mais cela ressemblait fort à une étreinte. C'était sauvage, c'était fou, c'était merveilleux.

Ce soir-là, elle partait, pour son travail, dans le nord de l'Europe. Séminaire prévu de longue date, avec cinq autres personnes de son équipe. Seulement trois jours. Mais lorsqu'elle rentrerait, lui serait déjà en voyage, un autre voyage. Des vacances, familiales, loin. Ils ne se verraient plus avant un long moment. Cinq semaines. Ils seraient sans nouvelles l'un de l'autre, parce que là où il partait, en expédition avec les siens, au bout du monde, une jungle, il n'y aurait pas de réseau, pas de communication possible, donc pas de messages, pas d'appels, rien.

Aussi, sur le trottoir de l'hôtel, avait-elle sorti de son sac un châle qu'elle avait acheté pour lui. Pour son voyage. Rien qu'un morceau de tissu, mais grand, en lin, dans des tons de beige et vert, avec au milieu une sorte de soleil. Qu'il ait quelque chose d'elle, avec lui, pendant son périple. Elle ignorait ce qu'il pourrait en faire. Il lui répondit qu'il lui trouverait un usage.

Elle prenait un vol du soir. Il lui proposa de la retrouver, vers dix-huit heures, ce même jour.

Se voir, encore un peu, avant la grande séparation.

Elle avait trouvé le moyen de se changer. Avait acheté, à la hâte, à côté de son bureau, une robe portefeuille. Avait prévenu qu'elle partait plus tôt, finalement, puisqu'elle prenait l'avion, ce soir.

Ils s'étaient retrouvés à l'entrée d'un parc. Sans dire un mot, ils avaient marché côte à côte. Il la tenait par la taille maintenant.

Il adorait sa robe. Allongés sur l'herbe, elle avait replié ses jambes, la robe s'était ouverte presque jusqu'à sa culotte. Il était subjugué, ne disait rien. Elle s'était blottie contre lui, il la serrait dans ses bras.

Des larmes affleuraient par moment sur ses cils, larmes qu'elle chassait aussitôt d'une main, ou d'un éclat de rire. Elle était heureuse, elle était triste, et leurs baisers avaient le goût de l'espoir, et du désespoir.

Dans l'avion, elle n'avait fait que pleurer. Se cachant le visage dans une couverture Air France, faisant semblant de dormir. Jamais n'aurait-elle imaginé qu'une femme comme elle, de son âge, puisse se trouver dans un tel tourment amoureux. Lorsque, après l'atterrissage à Helsinki, elle ralluma son téléphone, un message l'attendait.

J'espère que vous avez bien dormi
Je gage que votre avion n'aura pas eu de problème
Quoique je suis certain que même de l'au-delà
nous communiquerions
Je me suis réveillé, à minuit, souriant puis étonné
Que vous ne soyez pas à mes côtés
Car cela m'est devenu une évidence
J'ai déployé votre châle
Avec au centre
une sorte de soleil
comme un étendard
À vos couleurs
Étant devenues les miennes

À l'arrivée, on était venu la chercher. Elle avait travaillé, fait ce qu'il fallait.

Le soir, chaque soir, elle rentrait à son hôtel, après le dîner, dîner de travail évidemment. Elle donnait le change, sans pouvoir faire tellement mieux que cela, malheureuse d'être loin de lui, alors qu'il était à Paris, dans ce Paris qui était à eux, qui appartenait à leur amour.

Il lui envoyait des messages, merveilleux.

Courts, longs.

Chaque fois, elle était comme illuminée. Mais trop vite son cœur se serrait.

Ils s'étaient parlé, une fois. Elle lui avait déclaré son amour, comme jamais.

Il avait répondu, avec la même fougue. Même s'il avait ajouté :

Mais il y a tant de choses de moi que vous ne connaissez pas.

Elle était désemparée de rater ces trois jours avec lui, alors qu'ils auraient pu se voir. Il allait partir, maintenant. Il lui avait laissé un message juste avant, un message sur son répondeur, disant juste cela :

Je pars à l'aéroport, je pense à vous.

Elle avait encaissé la nouvelle, le choc, passant sa journée de travail, la dernière, ni tout à fait là, ni tout à fait ailleurs, ni vraiment où que ce soit.

Elle ne respirait plus. Tant il lui manquait, tant il lui semblait être amputée d'une part d'elle-même. Ils s'aimaient, d'un amour pur, fort, le plus fort, celui qui ne se consume pas, jamais, mais le savoir ne suffisait pas, pas à cet instant-là, tandis qu'entourée des siens, tout en haut de ce bateau à deux fois trois cent vingt places, elle arpentait la Seine. Son fils cadet avait, pour son anniversaire, formulé son vœu, Paris en bateau-mouche. Et elle regardait maintenant les monuments de la ville comme autant de lieux où ils se seraient retrouvés, pour s'embrasser, passionnément, se dire combien ils s'aimaient. Notre-Dame, l'île Saint-Louis, le pont Sully, le Marais, la Bastille, tous ces lieux magistraux qui lui arrachaient le cœur, maintenant. Paris, Paris ville de l'amour, Paris ville des ponts aux trop nombreux cadenas, Paris ville du fleuve éternel et merveilleux, ses petites rues, bien cachées, sa place de la Concorde, sa tour Eiffel, tout cela. Le bateau avait fait sa volte devant la gare de Lyon, il repassait maintenant, longeant la rive droite, la belle rive droite, là où il vivait, appuyant davantage encore sur la douleur.

La journée s'était terminée dans une pizzéria de quartier, joyeuse, bruyante, avec un gâteau d'anniversaire. En sortant du restaurant, son mari lui avait proposé de dîner dehors, en tête à tête, le lendemain. Qu'ils se retrouvent un peu, qu'ils soient non plus des parents, mais un couple – enfin. Elle en fut surprise, il ne le faisait jamais.

Elle s'habilla bien, d'une robe, avec des talons. Elle avait minci, beaucoup – plus de cinq kilos maintenant.

Au restaurant, il lui dit qu'il la trouvait belle. Qu'après presque dix années de vie commune, il la trouvait plus belle que jamais. Qu'il se sentait amoureux, comme au premier jour. Qu'il était fier d'être son mari, et fier qu'elle soit sa femme. Qu'il avait mis beaucoup de temps à comprendre, mais qu'il prenait toute la mesure de la femme qu'elle était, et qu'il était heureux de chaque jour avec elle. Il s'excusait d'être « parfois pénible », d'avoir des humeurs, de pester contre le désordre des enfants ou le lave-vaisselle. Il lui dit qu'un jour les enfants seraient grands, partiraient, qu'ils se retrouveraient, tous les deux, et qu'il ne la décevrait pas. Il était charmant, gentil, beau aussi – pour dîner il avait mis un costume, une très belle chemise, une cravate, comme pour un moment important, très important.

Elle l'écoutait, presque choquée de cette déclaration soudaine. Il caressa son bras, ce qui la surprit.

Elle contint l'émotion violente – le rejet. Elle n'aimait plus sa peau, ses mains, son regard, son sourire, rien. Des étrangers, des étrangers. Elle ne voulait plus de lui, plus de cette main sur elle. J'aime ton nouveau corps lui dit-il, il te va bien.

Son nouveau corps ? Quel homme pouvait être si bête au point de s'arrêter à l'enveloppe. Parce qu'elle était passée de cinquante-huit à cinquante-trois kilos, il « aimait son nouveau corps » ? Il l'aimait à nouveau, était gentil, tendre ? Il lui était évident maintenant que tout cela ne tiendrait pas. Lui appartenait-elle encore ? Non, c'était fini, malgré les enfants, malgré tout le change que l'on donne pour garder un semblant de semblant. Et il avait beau être avenant, objectivement, un bel homme, et fier, elle ne voulait plus rien de lui. Qu'il ne l'approche pas, qu'il ne pose pas la main sur elle, qu'il ne soit pas gentil soudain parce qu'« elle avait maigri », car c'était là la plus grande insulte à sa dignité de femme, la plus grande insulte à son intelligence, à tout ce qu'elle était en vérité, à l'extérieur, et à l'intérieur – comme si on pouvait distinguer l'un de l'autre, comme si on pouvait séparer la peau des entrailles, et les yeux du cœur.

Il avait commandé un tartare, elle une simple salade. Elle n'avait pas faim. Elle mangeait, appréciant tout juste ce qu'il y avait dans son assiette, ne s'y intéressant pas vraiment. Son regard, profond, s'accrochant à n'importe quoi, cherchant de l'oxygène, n'importe quoi pour l'extraire de cette situation qu'elle était bien obligée de vivre. Dîner avec son mari qui après presque dix ans lui faisait des compliments. Il lui avait pris la main, l'embrassait. Et dire qu'il y a peu de temps encore, elle aurait tout donné pour vivre ce moment.

Lui répondre quoi ? « C'est trop tard » ? Elle n'avait pas le cœur à ça. C'était injuste, terriblement injuste. Mais qui a dit que l'amour avait quelque chose à voir avec la justice ?

Mon amour
Pardonnez-moi
J'y suis
Déjà
Au pied du mur
Pardonnez ces mots
Que personne ne me touche jamais que vous
Que vous

Au lieu de les écrire, ces mots, elle s'était contentée de les penser, dans sa tête.

Le pacte, quelle idiotie, quelle naïveté. Elle ne se donnait pas ? Elle avait tout donné, déjà. Il ne restait rien, pour personne.

Son mari avait pris un dessert, et pas elle. Joie qu'elle n'en prenne pas ; on pouvait lire dans son regard à lui une réelle satisfaction. Après des années de tentatives, il avait réussi : sa femme ne mangeait plus. Plus de glaces, plus de chantilly, plus de mille-feuilles, plus de tarte aux abricots, plus de baguette encore chaude sortant tout juste du four du boulanger, plus de beurre doux sur le pain, plus de confiture de fraise à la cuillère dans le pot, plus de sauce de poulet rôti, plus de pommes de terre sautées, plus de fromage fait à point, plus de spaghettis généreux, d'escalope milanaise, plus rien. Elle était devenue, enfin, ce dont il avait rêvé. Il n'avait donc rien vu, rien compris, tout intelligent qu'il était.

Il n'avait pas compris qu'elle ne mange plus d'être remplie, si parfaitement remplie d'un amour parfait. Qu'elle se sente aimée, et qu'elle l'ait été déjà, bien avant de maigrir. Il n'avait pas vu le regard de sa femme, brillant, plein de grâce. Il était comme il était : tourné vers lui-même, ne voyant rien de la métamorphose, cet état qui met hors de soi, propulse à l'extérieur du champ, vers le chant, avec un *t*. Elle était nourrie désormais par la peau, le regard, les messages, savoir qu'il – l'homme – l'aimait comme elle l'aimait, sensation merveilleuse et parfaite. Il ne lui manquait rien, elle avait l'amour et l'eau fraîche.

Lorsqu'ils s'étaient retrouvés, la dernière fois, il le lui avait dit : lui-même ne mangeait plus, il n'avait pas mangé (ou presque) depuis leur rendez-vous précédent. Ils vivaient la même chose, au même moment. C'était cela qui était si merveilleux. Non pas s'aimer seulement – délice – mais s'aimer en même temps – bénédiction.

Voilà qu'elle redoutait tout ce qui pourrait les séparer. Pas une personne, ni un homme ni une femme, non, car elle savait la puissance de leur amour, aucun humain n'aurait pu défier ça. Désormais, elle redoutait les éléments, tous ces événements terribles qui peuvent surgir et faire basculer une vie, un accident de voiture, un cancer, un avion qui s'écrase. Elle était animée par une sorte de surconscience de la fragilité de la vie, de leurs vies à tous deux. Si leur amour était invincible, eux ne l'étaient pas. Et elle se sentait craintive, désormais, comme si Némésis, connue pour briser les bonheurs trop éclatants, planait sur leur bonheur. L'antidote, il lui fallait l'antidote.

Son père était mort l'année précédente. Il avait, comme on dit, pris sa vie. À près de quatre-vingt-dix ans, bien qu'a priori vaillant, il avait préféré cela à la lente dégradation qui vient avec le grand âge. Était-ce lâcheté, était-ce courage ? Deux mois avant, il avait prévenu ses enfants, les uns après les autres. Non pas qu'il allait le faire, mais qu'il envisageait de le faire. Certains ne l'avaient pas pris au sérieux, jugeant l'affaire inconcevable, mettant cette idée folle sur le compte d'une excentricité, ou pire, pensant que le vieil homme ne savait plus quoi faire pour susciter l'intérêt d'autrui.

Elle était allée le voir, tout de suite, prenant le projet au sérieux, lui demandant s'il était bien certain de vouloir l'envisager. C'était très étrange, rendre visite à quelqu'un, bien vivant, chaleureux, joyeux, farceur même parfois, et le quitter en comprenant qu'il y avait derrière toute cette élégance autre chose : du désespoir, le sursaut de la fierté d'un homme, la volonté d'avoir le dernier mot sur sa vie, plutôt que de se laisser faire par elle. Elle avait admiré le courage, la détermination, sans vraiment réaliser ce que cela ferait, qu'il ne soit bientôt plus là. Elle avait passé du temps avec lui, autant que possible, c'est-à-dire peu, entre son travail, ses enfants, son mari, tout ce qui devait être fait, constamment ; elle n'avait pas voulu non plus tout arrêter pour se consacrer à lui, car il n'aurait pas aimé ça. Et il fallait bien que la vie continue, comme si de rien n'était, de sorte qu'après le vide se fasse moins sentir.

Depuis le temps qu'elle était remariée, il l'avait remarqué plusieurs fois, elle avait l'air triste. Il n'avait rien dit, jamais. Ensemble, ils parlaient d'autre chose. Elle lui posait maintenant des questions sur sa vie, profiter de lui vivant pour éclairer les zones d'ombre, mieux comprendre son parcours, ses choix. Apprendre des choses encore, même un tout petit peu, sur cette grand-mère fantasque qu'elle n'avait presque pas connue. Il lui répondait mais toujours trop vite, sans s'étendre sur aucun sujet. Était-il impatient, déjà ? Souvent, ils ne se parlaient pas. Elle restait assise en face de lui, à le regarder. Il triait ses papiers, mangeait un bonbon à la réglisse, lisait son courrier. Elle avait deux ou trois fois amené ses enfants, sans oser leur dire le projet de leur grand-père. Les enfants s'étaient un peu ennuyés, et ils étaient partis plus tôt que prévu. Ça n'avait pas d'importance. Au moins l'avaient-ils vu. Les semaines étaient passées, ni plus lentement ni plus vite que les autres. À ceci près qu'elle avait fait bien attention à rester à Paris en juillet. Être là s'il changeait d'avis, être là s'il avait besoin de quoi que ce soit. Être là. Gabriella, de son côté, s'était organisée elle aussi pour être au plus près du désastre, au plus près de son amie, et la soutenir, la divertir, l'écouter.

Elles se retrouvaient chez Cojean, devant un jus de carotte frais. Gabriella lui avait offert un foulard de laine fine constellé de fleurs épanouies, rouges et rose foncé, magnifiques, joyeuses. Elle le portait tout le temps, autour du cou, même quand il faisait chaud.

Le mois d'août était passé par là, et était arrivé ce qui devait arriver. Il l'avait fait. Sans que quiconque puisse penser que c'était autre chose qu'un accident. Quiconque, sauf les quelques-uns qui savaient. Les jours qui avaient précédé l'événement, elle s'était empressée d'aller lui acheter des pralinés – ce qu'il préférait, de tout. Il avait, devant elle, dévoré la boîte, couleur émeraude, en entier. Elle s'en était amusée. Il était si gourmand.

— Papa, je voudrais te poser une question.

— Oui, ma chérie. Je sais ce que tu vas me demander.

— Tu sais ?

— Oui, je sais. Je suis ton père tout de même. Est-ce qu'une femme doit accepter de rester avec un homme qui ne la rend pas heureuse, est-ce qu'une femme doit se résigner ?

— Est-ce que tu penses que, si un jour je rencontrais quelqu'un, on ne sait jamais, je ne pense pas que ça arrive, mais si ça arrivait, est-ce que tu penses que j'aurais le droit de vivre ça ?

— Si tu tombais amoureuse, vraiment, si tu rencontrais un homme qui sache t'aimer, eh bien, j'espère bien que tu ne t'interdirais rien, de rien.

Elle était bouche bée, sidérée.

— Ma chérie, nous n'avons qu'une vie. Et cette vie se doit d'être honorée, célébrée. Il faut lui prendre tout ce qu'elle a à donner. Tu es belle et tu dois te sentir belle. Un homme doit tout faire pour toi. Je compte bien sur la vie pour qu'il t'arrive quelque chose, un jour. De grand, de beau.

— Et les enfants ?

— Les enfants, quand tu vivras un grand amour, quand ils verront leur mère heureuse comme jamais, ils comprendront. Et même, ils seront admiratifs. C'est beau de choisir le bonheur, tu sais ? Il y a des tas de gens qui restent planqués, qui ne bougent plus, craintifs, qui n'osent pas regarder autre chose, ailleurs, qui se résignent. Qui se mettent des œillères, comme les chevaux. Qui préfèrent crever à la petite semaine. Il faut vivre sa vie pleinement. Après ça, regarde-moi, on peut mourir. On sait qu'on a vécu. Que l'on ne regrettera rien. J'ai eu confiance en la vie, je voudrais que tu aies confiance en elle. La lumière viendra sur toi. N'aie pas peur de souffrir, même si, oui, c'est vrai, c'est parfois le prix à payer.

Elle l'écoutait, religieusement. Les larmes coulaient sur son visage.

— J'espère que ce jour viendra. Ton jour. Tu mérites d'être heureuse, d'aimer quelqu'un qui t'aime autant. Voilà. Je ne suis peut-être pas un père très traditionnel, pour te dire tout ça, mais c'est ce que je crois. Maintenant file. Ils doivent tous t'attendre.

— Papa ?

— Oui, ma chérie.

— Tu vas me manquer.

— Mais tu es forte. J'ai confiance en toi. Tu sais, dans ma famille, il n'y a eu que de grands passionnés, regarde-moi, regarde ma mère, et sa mère. Et même ta mère et moi, nous nous sommes tant aimés, follement aimés. Pourquoi serais-tu différente ? Que rien ne t'emprisonne. Souviens-toi que tu es libre. Tu peux choisir, tu dois choisir la vie que tu veux vivre. Je te souhaite d'être heureuse ma chérie, à vrai dire, c'est tout ce que je souhaite pour toi.

Lui assis sur son fauteuil, son bon visage, elle debout, dans sa robe verte, penchée sur lui. Au milieu du désastre, elle s'était acheté cette robe de soie, d'un vert clair, anisé, légère, ravissante, ceinturée, marquant la taille, laissant voir ses épaules, un appel à la vie.

— Ne pleure pas maintenant, ma chérie, tu pleureras dans l'ascenseur.

— Oui, papa. Je penserai à toi.

— Merci pour les pralinés. C'était très gentil. Mais tu as toujours été très gentille. Même quand tu étais toute petite.

Il souriait comme un enfant. Il semblait heureux, véritablement heureux.

— Je peux prendre encore un bonbon à la réglisse ?

— Prends le paquet. Tiens.

Sortant de là, les larmes avaient jailli. Au point qu'elle avait dû garer sa voiture quelques minutes, à l'angle de l'avenue de Wagram, ne pouvant plus conduire. Poussant comme des petits cris, entre ses hoquets de sanglots. Puis elle était rentrée chez elle. Son fils de douze ans lui avait ouvert la porte.

— Ça va maman ? On dirait que tu as pleuré.

— Mon trésor, ce n'est rien, je suis un peu fatiguée.

— Et quand tu es fatiguée, tu pleures.

— C'est ça.

C'était un truc qu'elle avait trouvé, quand ils étaient petits. Elle leur avait raconté que lorsqu'elle pleurait, c'est qu'elle avait mal dormi, qu'elle manquait de sommeil, de la fatigue et seulement cela. Ils l'avaient crue, et elle avait gagné, réussi, au milieu des larmes, à ne jamais les inquiéter.

Elle s'était dépêchée de se mettre en cuisine et de préparer des pâtes pour tout le monde, rien d'exceptionnel, seulement des pâtes avec du pesto, tant pis pour les protéines. Des sucres lents, au dîner, pour bien dormir. N'est-ce pas ce que l'on recommande ?

— Souviens-toi, l'exhorta Gabriella, de ce que ton père t'a dit l'année dernière.

— Mon père ?

— Il t'a dit que si tu rencontrais quelqu'un, quelqu'un de merveilleux, quelqu'un que tu aimes et qui t'aime, il ne fallait pas hésiter.

Elle était silencieuse maintenant.

— Je ne sais pas ce qu'il adviendra de nous. Je ne veux pas réfléchir, ni rien attendre, ni rien projeter.

— Pour le moment.

— Comment ça ?

— Eh bien, lorsque j'ai rencontré Pierre, j'ai réalisé que je ne pouvais plus vivre chez moi, plus partager mon lit, plus dîner avec François, je ne supportais plus sa présence, je ne supportais plus de rentrer à la maison, je ne voulais être qu'avec Pierre. J'ai tout plaqué. On s'est retrouvés, très vite. Au bout de six mois on vivait ensemble. Les filles ont vécu ça plutôt bien, en tout cas pas trop mal. Ensuite, dans mon cas, qui n'est pas le tien, ça n'a pas marché. Nous étions amoureux mais nous étions trop différents. En réalité, il ne répondait pas à mes attentes. Il ne finissait pas mes phrases, si tu préfères. Nous n'étions pas calés, intellectuellement. Il me manquait quelque chose. Ce n'était pas comme ce que tu vis, toi, là.

— Mais vous étiez fous d'amour.

— Oui, nous étions fous d'amour. Fous d'amour, ça ne suffit pas. Il faut qu'en plus des corps les âmes se parlent, s'aiment, se répondent. Dans une fluidité absolue, sans retenue. Ce n'était pas le cas. Alors nous nous sommes séparés. Nous sommes restés ensemble un an et demi, et puis nous sommes arrivés à la conclusion que nous étions au bout de notre histoire.

— Tu as regretté d'avoir quitté ton mari ?

— Oui. Seule avec mes filles j'étais comme en plein vent, rien ni personne pour me protéger soudain. Ça fait un drôle d'effet. Si le robinet fuit, tu sais que c'est à toi de le réparer sinon il continuera de fuir, et pour l'éternité.

Elle n'avait pas de nouvelles. C'était prévu, et prévisible. C'était le temps de l'expédition, il était au bout du monde, et avec sa famille. Dieu merci elle était maintenant en congés. Elle ne prenait même plus la peine de faire semblant, elle ne le pouvait plus. Elle était terrassée, sans même qu'elle ait l'énergie de s'expliquer ce qui la terrassait, sans qu'elle puisse rien y faire. Le monstre lui était entré sous la peau, dans les veines. Il n'y avait pas eu de gradation, d'étapes. C'était arrivé d'un coup, tandis qu'un soir elle avait regardé son téléphone et n'y avait rien trouvé, tandis que le lendemain matin, puis l'après-midi, puis encore le lendemain, elle n'y avait rien trouvé. Elle était entrée dans les heures maléfiques, et la confiance avait volé en éclats. Non pas de son fait à lui, mais de toutes ces couches d'insécurité qui avaient constitué son histoire à elle, et qui, comme des vers, la rongeaient maintenant, trop heureux de vaincre, de vaincre le bonheur, la joie, l'insouciance, l'insolence de s'être crue un instant bénie des dieux, de Dieu, immortelle. Non, elle n'échapperait à rien, et comme elle s'était décollée de l'enveloppe terrestre elle y serait clouée par les poignets, comme un Christ ayant commis l'erreur d'avoir cru en l'Amour, pour mieux expurger la lumière en elle.

Elle ne pleurait pas, elle ne se sentait pas même triste : c'était pire. Elle s'était retrouvée, ce matin-là, à coller son nez contre le vieux fauteuil de son père, récupéré l'automne dernier, après sa disparition, et imbibé de tout le tabac qu'il avait, l'insolent, fumé toute sa vie, sans s'en porter plus mal. Le fauteuil sentait son père et s'il n'était plus là, si elle ne pouvait s'ouvrir de rien à personne, elle n'avait plus qu'à faire cela. Elle ferma les yeux, et colla son nez, et son visage entier, contre le dossier du fauteuil, dans ce tissu vieillot, élimé. « Sois heureuse », tels avaient été ses derniers mots pour elle, lorsqu'elle lui avait téléphoné, l'entendre une dernière fois, le matin du jour funeste.

C'était donc cela la vie ? Elle se mit à penser à Simonetta dite la Sans-Pareille et Julien de Médicis, les amants magnifiques, Simonetta soudain frappée de tuberculose, Julien assassiné deux ans après, jour pour jour, comme si la mort de l'une ne suffisait pas, les éliminer tous les deux, éliminer toute trace d'amour et de bonheur sur terre. C'était cela que faisait Némésis, déesse de la Justice et de la Vengeance. Envieuse à l'extrême, ne tolérant pas que le bonheur existe ici, et non partout. Détruisant tout. Comment pouvait-on, une fois pour toutes, terrasser celle qui terrasse, libérer l'amour, libérer le bonheur ? Il devait bien y avoir une contre-force à sa démesure ?

Les enfants avaient besoin qu'on s'occupe d'eux, mais aujourd'hui, elle ne le pouvait pas. Au bout d'elle-même, à bout de forces, ne pouvant même plus croire, en rien, ni en demain ni en rien, épuisée, soudain complètement vidée de sa propre vie, elle chargea son aîné de veiller sur les autres, un DVD ferait très bien l'affaire, et elle se coucha, à quatorze heures douze, prête à rendre l'âme. C'était cela, le véritable amour. De l'impossibilité et de la déchirure. De l'arrachement.

Les jours passaient. Silencieux, violents, sombres. Elle était maintenant comme une fleur sans eau et sans lumière. Elle dépérissait à vue d'œil. Ne mangeait plus rien. Les vacances étaient bien là, le mois d'août que tous attendent avec impatience, faisant des projets de retrouvailles, de barbecue, d'apéro, de pétanque, de bains de mer, de pêche au bord de la rivière, de balades à vélo, de randonnées à la montagne. Ils étaient partis à la campagne. Mécaniquement, elle parvenait encore à faire le minimum de ce qu'on attendait d'elle : les courses, remplir les caddies, vider les caddies à la caisse. Rien de plus. Les enfants, heureusement, vivaient leur vie. Jouant à chat avec le plus petit, au Trivial Pursuit, au ballon, à s'arroser avec le jet d'eau, dans la piscine, sur le trampoline, ou enfermés dans leurs chambres leur casque vissé sur la tête. Ils se débrouillaient sans elle et c'était tant mieux : elle ne pouvait soudain plus rien pour eux, plus rien leur donner. Ni temps, ni attention, ni amour, ni rien.

Son plus petit enfant venait maintenant se blottir contre elle, et de plus en plus souvent, comme s'il sentait, confusément, que sa mère avait un besoin urgent d'amour, comme s'il était possible qu'un enfant puisse constituer la source, la source vive, et compenser le creux, l'absence terrible. Il posait sa tête contre elle, contre son ventre, elle mettait sa main sur sa tête, sa belle tête ronde, aux cheveux en bataille, non, plutôt en broussaille.

— Tu es un trésor, mon trésor.

L'enfant ne répondait rien, se contentant de regarder sa mère. Se collant à elle encore, remuant un peu la tête, comme un petit chat. Puis disparaissant pour retrouver les autres, les grands, et les convaincre de jouer avec lui, encore jouer.

Personne ne semblait remarquer son état. Elle pourrait donc mourir d'amour sans que personne voie rien d'elle, comprenne rien d'elle, ne sache jamais rien d'elle. Combien de femmes étaient mortes ainsi, emportant leur secret ?

Némésis l'avait terrassée.

Millième jour sans nouvelles.

Elle dépérissait, mais elle ne renonçait pas. Son ennemi, ce n'était qu'elle, elle le savait. Elle était son propre démon. Elle était la personne au monde la plus capable de se faire du mal. Il fallait lutter contre elle-même, maintenant. Et contre Némésis. À moins qu'elle ne soit elle-même Némésis, s'interdisant le bonheur. Une lutte féroce. Elle devait s'accrocher et tenir tête, combattre, ne rien lâcher.

Elle avait, deux ans auparavant, repris contact avec son professeur de philosophie. Ils se retrouvaient tous les six mois environ, pour déjeuner, derrière la montagne Sainte-Geneviève, à deux pas du lycée Louis-le-Grand dans lequel il enseignait désormais. Il y faisait ses dernières années, passionné par ses élèves, passionné par l'enseignement du questionnement plus que de la réflexion, apprenant à chacun à s'interroger, encore et toujours, et à refuser les réponses faciles. À dix-sept ans et demi, elle avait tout de suite adoré son professeur, pour cet enseignement, pour ses vestes en tweed, pour son air révolté et parfois ses légers emportements.

C'était elle qui avait pris l'initiative d'écrire une lettre à son lycée. Il avait répondu, avant de passer aux mails. C'était très gentil, une ancienne élève qui s'intéresse encore à son prof de philo, et un prof de philo qui s'intéresse à ce qu'était devenue une ancienne élève. Le temps était passé sur lui comme pour elle. La première fois qu'ils s'étaient retrouvés, au Rostand, face au jardin du Luxembourg, elle avait néanmoins trouvé qu'elle était la seule à avoir vieilli. Enseigner, et avec passion, entretenait, et la vigueur de l'esprit lui avait garanti, la soixantaine entamée, fière allure. Dans son pardessus anglais, si parfaitement coupé, il donnait le change. Ainsi ils avaient déjeuné ensemble trois fois, ou bien quatre, et avaient échangé environ six mails, pas plus, en deux ans. Il avait ses habitudes dans ce restaurant de spécialités du Gers, le patron le connaissait, il y était content. Ils s'étaient promis un jour d'essayer un autre restaurant, mais il n'avait pas le temps, en semaine, de changer de quartier, et dans ce quartier-ci, c'était forcément ce restaurant-là. Cela ne la dérangeait pas, elle se faisait aux spécialités du Gers, fort bonnes du reste. La tarte aux cèpes, le magret, la croustade.

Ils avaient échangé un peu sur la vie, les regrets. Puis il avait évoqué une jeune femme connue dans sa jeunesse, et très précisément, une image amusante – il l'avait portée, un soir, sur ses épaules. Il avait souri, soudain, et s'était interrompu, visiblement ému par le souvenir, voire taraudé par la peine, incapable de poursuivre. Il ne le disait pas, mais à le regarder, elle l'aurait juré : il avait raté quelque chose, il avait raté quelqu'un. Savait-elle, cette femme, que quarante ans après, il continuait de penser à elle, de l'aimer ?

Dans un sursaut, au milieu de l'été, elle lui écrivit.

Cher Antoine,

J'ignore si vous regarderez vos messages pendant vos vacances.

J'ai une question.

Qui peut lutter contre Némésis ? L'antidote existe-t-il ? Si oui, quel est-il ?

Moins de cinq heures plus tard, il lui répondait :

Je ne crois pas, en mon savoir imprécis, qu'il y ait un antidote à la némésis puisque c'est elle qui rétablit la justice, l'ordre, l'harmonie. Mais si on se sent menacé, on peut redoubler de soin dans le culte des dieux ou des morts lésés, sans que cela suffise toujours à apaiser Némésis si on a fait preuve d'hybris, comme le montre à sa façon l'histoire de l'anneau de Polycrate (Hérodote, III), tyran de Samos qui, soucieux d'obéir au « rien de trop », voulut corriger la trop grande faveur du destin dans ses conquêtes militaires : il affréta un bateau, avança en haute mer et là, ayant ôté de son doigt son très bel anneau, sous les yeux de l'équipage le lança à la mer. Quelques jours plus tard, l'anneau lui fut rendu dans le ventre d'un poisson exceptionnel qu'on avait pêché et préparé pour un festin qu'il donnait. Il sut alors que l'attendaient de grands malheurs.

Son mari lui fit remarquer qu'elle n'était pas « fonctionnelle ». Ils étaient tout de même en vacances, on ne pouvait pas comme elle le faisait rester allongée la plupart du temps et ignorer qu'il y avait dans la maison des enfants, il fallait organiser les journées, s'occuper d'eux, ils avaient tout le temps besoin de quelque chose.

— Je peux jouer au ping-pong ou au foot un temps, m'occuper du goûter, mais je ne peux pas tout faire tout seul.

— Demande aux grands.

— Les grands sont collés à leur téléphone. Tu es leur mère, tout de même. Je comprends que tu sois fatiguée, en même temps, on est tous fatigués. Ce ne sont pas seulement tes vacances, figure-toi.

Elle ne répondait rien.

— C'est quoi le problème ?

— Je vais préparer le dîner.

— Oui, mais tu comprends que ça ne suffit pas, préparer les repas, mettre la table, débarrasser.

— C'est bien quand même, vous pourriez manger des pâtes à tous les repas. Je fais les courses aussi.

— Oui, mais ça ne suffit pas, être dans le registre alimentaire ne t'exonère pas du reste.

— Du reste ?

— Être dehors avec nous, participer à la vie familiale, m'aider à arroser les plantes, arracher les mauvaises herbes, avoir l'air contente d'être en vacances ici avec nous. On dirait que ça t'emmerde, en fait.

Elle ne répondait rien.

— Donc ça t'emmerde ?

Cette nuit-là, son mari fit un cauchemar.

— Je t'ai vue partant de la maison sur un cheval. Tu voudrais partir ?

Elle ne répondit rien.

— Non, parce que si ça ne marche pas entre nous, il ne faut pas perdre son temps non plus. La vie est courte. Ça ne me pose aucun problème, mais il faut me le dire. J'ai encore beaucoup à donner. Tu comprends ? Je ne veux pas perdre mon temps.

Il lui avait dit une chose équivalente des années auparavant. Un jour où ils parlaient de la mort, il lui avait expliqué que lorsqu'un conjoint meurt, il n'y avait qu'une seule chose à faire : se remettre vite en ménage avec quelqu'un d'autre, parce que la vie est courte, et que se laisser abattre serait vraiment stupide, il faut tourner la page et vite, et profiter.

Elle s'était sentie profondément choquée par cette idée du remplacement hâtif d'un corps et d'un amour par un autre. Ainsi, tout le monde était à peu près interchangeable. C'est avec ce genre de petites explications, remarques, qu'il avait tué en elle l'idée de l'amour. Elle pensait bien qu'il était particulier dans son approche, un peu plus égoïste que la normale, mais après tout, peut-être que comme un enfant il disait tout haut ce que tout le monde pense tout bas, et qui est tellement politiquement incorrect, tellement socialement inacceptable. Il fallait nécessairement de la souffrance, de l'immense souffrance. Et pourquoi aurait-il plus tort qu'un autre, allez, se trouver une fille bien roulée, petit 36, sexy en diable, avec les bonnes fringues, toujours bien coiffée, s'éclater au lit et se pavaner avec auprès des copains et des relations ?

Ce qu'il attendait d'une femme, elle le savait : qu'elle soit béate d'admiration devant ce qu'il faisait, tous domaines confondus, qui le remercie comme s'il était son sauveur, qui le flatte de mille manières, notamment en public, qui l'attende le soir et l'écoute raconter sa journée en poussant des « oh » et des « ah », qui lui répète à longueur de journée ce dont il était intimement convaincu, et de manière obscène, qu'il était très beau, avec un corps parfait, qui lui cuisine ses plats préférés, ne lui fasse jamais aucun reproche, et bien évidemment qui se jette à ses pieds au moindre cadeau, fût-ce une babiole achetée à la hâte, en fin de soldes, ne correspondant ni à son goût, ni même à sa taille. Elle ne pourrait jamais – plus jamais – être cette femme-là.

Cinq jours plus tard, alors qu'elle n'avait toujours pas de nouvelles de l'être aimé, elle passa une sorte de cap. Après tout, si je dois souffrir un jour que celui que j'aime disparaisse de ma vie sans laisser de trace, que ce soit maintenant. Comme quelqu'un prenant l'initiative d'une amputation précoce de peur que survienne une infection, elle s'était autosuggéré une catastrophe, s'en était convaincue, jusqu'à la moelle.

Elle revenait à un état tout à fait présentable : la femme-robot qu'elle avait été jusque-là. La femme qui fonctionne, fournit, produit, sans état d'âme, offrant un mouvement purement mécanique, froid, insensible, efficace. Faisant ce qu'il faut, interagissant cordialement au sein de son groupement d'intérêt économique (ou foyer), attendrie seulement par ses enfants qui la conserveraient un peu humaine, par endroits, malgré tout. Elle était de mauvaise humeur maintenant, s'agaçait d'un rien, n'avait plus la moindre patience, l'amertume affleurait. Toute sa joie, sa légèreté, sa grâce s'étaient envolées. Et son visage n'était plus le même.

Contre toute attente, ce jour-là, son téléphone émit un petit son caractéristique. Ce devait être Gabriella. Qui d'autre que Gabriella ?

Êtes-vous joignable ?

Oui

Le téléphone se mit à sonner.

— Est-ce que vous allez bien ?

— Oui, ça va, répondit-elle. Enfin, correctement.

— Je suis désolé, je n'ai pas pu vous appeler avant. Mais j'ai pensé à vous tout le temps. Je vais rentrer à Paris, une demi-journée. Je voudrais vous voir. Si c'est possible pour vous. Serez-vous à Paris ? Mercredi prochain ?

— Mercredi ? Oui.

— Très bien, je vous enverrai un message pour vous proposer un lieu.

— D'accord.

— Vous me manquez. Je vous aime.

Elle crut tomber à la renverse. Il l'aimait. Il l'aimait et le lui disait.

Je vous aime
N'aime que vous
Mon cœur ne battait plus
J'ai prié
Revenez-moi

Cela faisait maintenant plus de trente jours qu'ils ne s'étaient pas vus. Il lui avait donné rendez-vous à treize heures trente à une adresse mystérieuse, sans préciser ce qui s'y trouvait. 36, rue de Laborde, dans le VIIIᵉ arrondissement, derrière le Cercle militaire et l'église Saint-Augustin.

Elle essaya trois tenues différentes avant de se décider pour l'une d'entre elles avant de changer d'avis pour une quatrième. Elle mit ses plus jolies sandales. Elle releva ses cheveux car elle trouvait plus jolie la retenue. Elle était prête.

Et pourtant, elle ne l'était pas. L'absence, la commotion du manque, tout cela l'avait emmenée au bout d'elle-même. L'aimer cent ans, ne plus vouloir l'aimer du tout, ne respirer que pour lui, oublier jusqu'à son existence, vivre d'un seul regard, mourir d'être loin de sa peau, perdre la tête d'un seul baiser, se sentir abandonnée pour l'éternité. Tout le monde ne peut pas, ainsi, traverser les tempêtes intérieures, le flot d'émotions continu qu'elle expérimentait depuis leur première rencontre. Elle comprenait parfaitement celles et ceux qui préfèrent encore mettre tout cela, tous ces rêves extraordinaires, ce romantisme fou que chacun porte en soi, sous le tapis, et ne rien vivre. Mais elle y était, entraînée, par le fond même de son âme, et comme un bout de métal attiré par un aimant, elle se sentait incapable de renoncer. Elle appela un taxi, et fermant les yeux, se laissa conduire jusqu'à la rue de Laborde. Tout cela était-il bien réel? Elle ne savait plus qui elle était, ce qu'elle ressentait pour lui, et encore moins ce qu'elle faisait dans cette voiture. Elle se sentait anesthésiée.

C'était un hôtel. Elle reçut un message de lui s'excusant d'avoir quelques minutes de retard. Elle profita de la présence d'une famille chinoise au complet, enfant, parents, grands-parents, et s'installa discrètement dans le minuscule salon jouxtant la réception. Elle ouvrit un livre, en lut quelques pages, surprise d'être ainsi captivée par quelque chose qui n'était pas lui.

Il arriva, elle ne le vit pas, tout d'abord, plongée dans ses pages. Il s'approcha d'elle, elle leva les yeux. Il était bien là, en chair et en os, devant elle. Avec ce même visage charmant, désarmant en vérité, ces grands yeux d'enfant émerveillé de la découvrir ainsi, si sage, sur son fauteuil, dans ce petit salon de fortune.

Parfois, elle était prise, avec lui, d'une forme nouvelle de timidité. Du trac, c'était sans doute une forme de trac.

Ils marchèrent jusqu'à l'ascenseur, lorsque soudain arriva une personne de la réception. Avaient-ils fait bon voyage, étaient-ils à Paris pour longtemps, le petit déjeuner était servi de sept à dix heures dans la salle à manger, mais il pouvait bien évidemment leur être apporté dans la chambre, à condition de prévenir la veille avant vingt-deux heures. C'était insupportable. L'interrompre tout de suite et lui dire non, nous ne sommes là que pour passer une heure ensemble, peut-être deux ? Vous ne comprenez rien à l'amour, ma pauvre dame, aucune psychologie, aucun instinct, rien, vous n'avez pas vu que nous étions tous les deux morts d'amour et qu'il n'y avait nulle part où aller que chez vous, ne nous rendez pas la chose plus difficile alors que nous avons le pacte et s'il vous plaît taisez-vous ?

Ils étaient tous deux restés silencieux, elle avait baissé les yeux. La femme de l'hôtel les avait certainement trouvés étranges. Mais le pire, c'est qu'elle entra dans la chambre avec eux pour tout leur expliquer. Le minibar, la climatisation, la salle de bains, et s'ils avaient besoin de quoi que ce soit qu'ils composent le 9. Lorsque enfin elle partit, refermant la porte derrière elle, il fallut un temps. Un temps pour digérer cela : qu'ils étaient dans un hôtel, pour une heure, peut-être deux, que non, ils ne prendraient pas le petit déjeuner ensemble, qu'elle rentrerait chez elle et lui chez lui, et que cette histoire d'amour, si belle, était douloureuse, pour tout ce qui ne s'y produirait pas.

Il enleva sa veste, elle enleva ses chaussures. Ils s'allongèrent sur le lit. Ils ne se disaient rien. Ils se regardaient. Il caressait ses cheveux. Elle le regardait maintenant aussi. Adorant du regard le mouvement de ses cheveux, ses yeux, ses cils, ses sourcils, les belles rides de son front, et cette barbe de quelques jours qu'elle retrouvait aujourd'hui, ébahie. Il la prit dans ses bras. Elle revivait. Son cœur se mit à battre, fort.

Ils s'embrassèrent, beaucoup, longuement, lentement. On sous-estime le baiser. Lorsqu'il se donne, pleinement, entièrement, c'est une étreinte des âmes. C'est un corps qui entre dans un autre, lui donne tout, lui prend tout, se laisse donner et se laisse prendre. C'est faire l'amour, de manière totale, comme en modèle réduit. Le baiser est un conquérant et un seigneur, un chevalier, un mousquetaire, c'est un océan, un monde sauvage, un horizon sans fin, une éternité, un paradis. Il se suffit à lui-même. Réveillant tout en soi, entraînant le plus intime que chacun porte dans un vertige profond et magnifique, fait de désir et de plaisir.

Il la déshabilla. Entièrement. Elle se laissa faire. Il la regardait, n'en croyant pas ses yeux – ses épaules, sa taille, son visage, ses mains, ses grains de beauté, ses taches de rousseur. Elle était nue maintenant.

Il lui demanda d'aller tirer le rideau.

Elle se leva. Soudain, elle n'avait plus peur d'être nue, plus peur de ses imperfections. Elle fit quelques pas jusqu'à la fenêtre. Il la regardait, en pied, face à lui. Il lui dit à quel point elle était belle. Est-ce que vous savez que vous êtes belle ? Vous êtes extraordinairement belle. Elle tira le rideau. Il était silencieux maintenant. Elle se tourna vers lui et grimpa sur le lit. Il lui dit encore, et encore, à quel point elle était belle : tout était beau chez elle, ses fesses, si parfaitement dessinées, ses hanches, émouvantes, bouleversantes. Ses seins. Il avait dit « vos seins beaux, légers, délicats ». Il ne mentait pas, l'émerveillement pouvait se lire dans ses yeux. Il était subjugué par elle, par son corps. Le temps était trop précieux pour qu'elle fasse marche arrière, et revienne dans le passé pour confronter ces informations nouvelles avec celles qu'elle avait reçues jour après jour et année après année de celui qui partageait sa vie : que rien de tout cela n'était heureux, joli, harmonieux. Elle buvait chaque parole comme une assoiffée ayant trouvé une oasis dans son désert. Était-il vraiment possible qu'elle soit si belle ? Oui, et elle le croyait maintenant. Elle se trouvait belle, elle aussi, pour la première fois de sa vie, elle se trouvait extraordinairement harmonieuse, la plus chanceuse des femmes, avoir un corps pareil, si bien dessiné, si long et si rond à la fois, si plein de force et d'amour, lascif, un corps de reine.

Il la prit dans ses bras, l'embrassa encore, et encore. Elle lui avait enlevé sa chemise, seulement sa chemise. Ils étaient l'un contre l'autre, sans qu'il se passe rien de plus que cela. Et même s'ils ne faisaient rien, que s'embrasser, éperdument, les corps transpiraient. Les parfums se mêlaient. Celui d'un homme, celui d'une femme. Ils restèrent ainsi une heure et cinquante-trois minutes, rien de plus. Rien de moins. Ne parlant presque pas. Les peaux échangeaient, ayant tant et tout à se dire, et cela suffisait amplement. Il n'y avait rien à ajouter à cela : la sueur, ces minuscules gouttes perlant sur son torse à lui, sur son front aussi, et sur ses tempes à elle, et entre ses seins. Les corps s'aimaient, les corps se désiraient, les corps pleuraient. Ils se serraient dans les bras l'un l'autre, fort, comme s'ils savaient que le sort avait décidé, bientôt, de les séparer. Ou pire, de ne jamais les unir. Et là se produisit une chose insensée, d'une inimaginable beauté, une pluie d'étoiles, une extase complète, sans même qu'il ait eu besoin de la toucher. Elle ferma les yeux, ne respirant plus.

Ils s'étaient dit au revoir devant l'ascenseur. Elle s'était remis du rouge à lèvres avant de quitter la chambre, discrètement, sans qu'il le voie. Plus question de s'embrasser maintenant. Pourtant, ils en avaient envie tous les deux, à l'évidence.

Elle était sortie de l'hôtel avant lui. Juste avant lui. Sans se retourner.

Elle marchait maintenant dans la rue, comme des tas de femmes marchent dans des tas de rues : sans que quiconque connaisse leurs rêves secrets, leurs bonheurs intimes, la joie pure, ou bien, aussi, le cœur un peu serré. Elle ne savait plus si elle était folle de bonheur ou profondément choquée de cet arrachement nouveau, mais elle mettait un pied devant l'autre. Devant l'église Saint-Augustin, elle ressentit le besoin d'y entrer. Ne portant pas en elle la moindre culpabilité, au contraire, élevant plus haut que jamais le message de l'Amour, avançant le cœur pur et l'âme nue. Que Dieu la prenne dans ses bras, car soudain ses jambes tremblaient de cette séparation. Même s'ils s'aimaient, tous deux, du même amour, originel, éternel, c'était une déchirure.

Le lendemain, ils se parlèrent au téléphone. Inévitablement, il évoqua sa femme. Elle crut s'évanouir. C'était un rappel, cru plutôt que cruel, à la réalité. Non, il ne se passerait jamais rien entre eux, rien de plus que ce qui se passait là. Elle mobilisa son courage et lui dit qu'elle était surprise. C'était lui maintenant qui l'était. Il lui rappela le pacte, leur pacte, énoncé par elle : ni elle ni lui ne voulaient abîmer quoi que ce soit, qui que ce soit, des autres. Ni des époux ni des enfants. Elle l'avait dit en premier, il avait abondé dans son sens. Non pas pour lui faire plaisir ou se faire passer pour un homme de principes : c'était un homme de principes. Ils ne feraient jamais rien ensemble, ils ne vivraient jamais ensemble, et pour cela, même, ils s'étaient fait le serment de ne jamais faire l'amour ensemble.

Comme elle semblait de plus en plus troublée par ses réponses, et que cela s'entendait, à l'autre bout du fil, il lui confia que même s'il n'était pas marié, il ne voudrait jamais de quotidien avec elle. Leur histoire était rare, splendide, exceptionnelle, et jamais il n'aurait voulu l'abîmer, et le quotidien, selon lui, abîmait tout. Elle fut achevée par cette dernière déclaration. Était-ce vrai, que le quotidien abîmait tout ? Le mariage était-il vraiment le seul remède efficace contre l'amour ? Elle était persuadée que non, qu'il existait de bons mariages, des mariages entre gens parfaitement accordés, corps et âme, des gens parlant le même langage, animés des mêmes envies, du même désir de vivre, d'aimer, des hommes en adoration, une vie durant, pour leur femme, des femmes, folles amoureuses de leur mari, pendant dix, vingt, quarante ans. Et qui parlait de mariage, d'ailleurs ?

Jamais de quotidien. Mais non, le quotidien était joyeux, charmant, pourvu que chacun ait un peu de ressource, d'humour, de gourmandise de la vie et du monde, pourvu que l'on fasse quelques voyages, quelques découvertes, ensemble. Elle n'était pas d'accord du tout avec lui mais n'en avait rien dit.

— C'est moi qui ne suis pas bon avec le quotidien, avait-il soudain ajouté. Je le sais. Et je ne voudrais jamais nous entraîner là-dedans.

Pas bon avec le quotidien ? Cela dépendait de ce qu'on attendait de lui. Et qu'attendait-elle de lui d'ailleurs ? Une image avait surgi, dans son esprit. Elle, légèrement hâlée, fermant sa robe portefeuille, dans une grande cuisine, riant encore avec lui, tandis qu'il la regardait tendrement, lui s'approchant d'elle, la prenant par la taille, les deux se donnant un baiser avant qu'elle finisse de se préparer pour sortir. C'était simple, peut-être déjà trop, peut-être déjà trop quotidien : funeste.

Pas bon avec le quotidien. Ça ne voulait rien dire. Chaque situation était différente. Chaque personne était différente. Chaque couple était différent. C'était précisément pour cela que l'humanité était vouée à errer et à se perdre ou, pour les plus coriaces, à s'interroger et à lutter, sans répit, sans tranquillité aucune. Parce que aucune réponse à aucune situation donnée n'existait jamais. Tout était à refaire, à réinventer, constamment. Et c'est cela justement qui laissait une chance, toutes les chances. Pourquoi fallait-il échouer ? Non, tout pouvait réussir, et le bonheur gagner.

Il était là, le sacrifice, devant elle, désormais. Elle le comprenait maintenant. Oui, ils pourraient bien avoir le droit de s'aimer, de s'aimer follement, ailleurs, dans une autre dimension, quasi religieuse, mystique, de loin en loin, mais en faisant le sacrifice d'eux-mêmes, de la chair, de la vraie vie, ici bas. Plus que cela, en vérité, en faisant le sacrifice de la possibilité de former, ensemble, une unité véritable. Où était Dieu ? Que voulait-il, lui ?

Qu'attendiez-vous ?

Qu'espériez-vous ?

Lui avait-il écrit quelques minutes plus tard.

Rien en tête de précis, avait-elle répondu. N'osant pas écrire cela :

Moi, légèrement hâlée, fermant ma robe portefeuille, dans une grande cuisine, riant encore avec vous, tandis que vous me regardez, et vous vous approchant de moi, vous me prenant par la taille, vous et moi nous donnant un baiser avant que je finisse de me préparer, et que nous sortions dîner, tous les deux.

Tandis qu'elle se répétait mentalement tous ces mots qu'elle ne lui avait pas écrits, elle s'interrogea sur le besoin d'une femme d'avoir une existence sociale avec un homme, dans le cadre d'un homme.

Que je vous aime
Que vous m'aimiez
Que le monde entier nous voie et le sache

Mais pourquoi avait-elle besoin de cela ? Elle était soudain abattue, profondément abattue. La réalité les avait – non, l'avait rattrapée.

Elle avait téléphoné à Mariette. Mariette était une psychanalyste, d'origine suédoise et libanaise, d'une soixantaine d'années, voisine et amie de son défunt père.

— Ma chérie, évidemment, tu es dépitée. Je vais t'expliquer. La femme porte en elle l'infini. Parce que la jouissance même de la femme est infinie. Tandis que celle de l'homme ne l'est pas, vois-tu. La femme ne connaît pas de limite, elle aspire à l'infini. Et là, regarde-toi, tu es folle d'amour pour quelqu'un et tu aspires à cet infini, soudain, même si tu ne l'avais pas prévu, anticipé, et en face de toi, tu ne trouves pas ce même infini, tu trouves un cadre, des limites. Alors tu souffres. Même si c'est toi qui avais parlé de ces limites. Les femmes parlent de limites, mais elles n'y croient pas vraiment. Chez une femme, par définition, il n'y a aucune limite. Elles portent la vie tu comprends, elles sont, par définition même, l'infini.

— Donc je ne croyais pas ce que je disais quand j'ai proposé le pacte ?

— Bien sûr que si, tu y croyais, ou plutôt tu croyais pouvoir y croire. Très féminin, encore.

— Mariette, que dois-je faire ?

— Exactement ce que tu veux, si tu sens que tu peux être heureuse comme ça, alors vois-le. Si tu crois que ce fini opposé à ton infini va te faire souffrir, alors il vaut mieux, probablement, y mettre un terme maintenant. S'il a décidé que la situation ne bougera jamais, crois-moi, elle ne bougera jamais. Dès lors, on pourrait légitimement se poser la question : à quoi bon ?

Je crois que je n'y arriverai pas
Je ne peux pas
Tout cela est trop pour moi
Je ne veux pas sombrer dans la douleur
Infinie
Et préfère m'arracher le cœur maintenant
Plutôt que de me sentir
Dans votre vie
Mais dans un couloir de votre vie
Condamnée à errer dans ce couloir
Guettant et espérant votre arrivée
Je ne veux jamais de cela
Nous aurons vécu
Ce que nous aurons vécu
Peut-être rien
Peut-être beaucoup
Peut-être toute la beauté du monde
Qui sait
Mais je dois tout arrêter

Elle avait appuyé sur « envoyer ».

Ce soir-là, elle s'enferma dans sa salle de bains. Puisque nous ne ferons jamais l'amour ensemble, se dit-elle.

Et elle fit ce qu'elle voulait, ce dont elle avait envie et besoin, follement, ardemment, jusqu'à ressentir le plaisir d'une vie, une fois, deux fois, trois fois, cinq fois.

C'était maintenant bien terminé. Ils avaient, sans qu'il le sache, sans qu'il puisse s'en douter, fait l'amour comme jamais – n'est-ce pas ce que font généralement les amants avant de se quitter ?

Le lendemain, tandis que la famille s'apprêtait à partir en vacances, pour la deuxième fois de l'été, son mari s'était inquiété de sa mine.

— On dirait que tu vas tourner de l'œil.

— Comment ça ?

— Oui, tu as les yeux qui commencent à se révulser un peu et qui reviennent.

— Tu crois ?

— Je vois.

— Je suis un peu fatiguée.

Elle ne tenait plus debout. Mais elle mettait un pied devant l'autre, se laissant porter. La famille, cela servait aussi à cela. Vous empêcher de mourir tout à fait.

À la Baule, depuis deux semaines, le temps s'étirait, doux, le soleil la fatiguait sans qu'elle comprenne vraiment pourquoi. Les journées étaient faites de plage, de mer, de glace à l'eau. Tranquille, elle se prêtait volontiers aux jeux de ballon, surtout au volley, car se trouvait sur la plage un filet, se chargeait des crèmes solaires, tandis que les plus grands et son mari trimballaient matelas gonflables, raquettes, pistolets à eau géants ou encore masques et lunettes de soleil.

Cela faisait du bien de toucher terre. Contre toute attente, elle se sentait heureuse d'être dans son nid. Mieux que cela : elle retrouvait la sensation d'avoir les deux pieds sur le sol, de retour dans sa vie. Elle regardait son mari, de bonne humeur, gentil, différemment. Elle ne comprenait même plus pourquoi elle s'était exaltée, à ce point, d'un regard, ou encore de ces quelques mots. Elle se demandait si toutes les femmes avaient vécu, déjà, une fois dans leur vie de femme mariée, ce qu'elle venait de vivre. Est-ce que c'était seulement elle qui souffrait d'une sorte d'intoxication maladive par l'imagination, de pathologie de l'exaltation romantique, ou bien était-ce partagé par toutes ? Elle regardait les femmes autour d'elle. Et celle-ci ? Et celle-là ? Et telle autre encore, plus loin, sous ses airs de Madame Parfaite ?

Elle était fière d'elle-même, d'être parvenue à ce retournement de situation, fière de s'en être extraite, presque seule. Aucune gloire à en tirer en vérité. L'absence avait fait son œuvre – qui attise les grandes flammes et éteint les petits feux, dit-on. Cent ans, lui avait-elle écrit autrefois ? Cent jours, à peine. Était-il possible qu'au fond d'elle-même elle soit une femme cruelle, insensible, si peu humaine en vérité, ne cherchant qu'à se divertir un temps, à échapper à sa condition seulement, à se rassurer sur sa peau, son pouvoir de séduction ?

Un soir, alors qu'elle regardait son téléphone, elle put y lire :

Sans un mot de vous

Je meurs

Il ressentait maintenant ce qu'elle avait éprouvé auparavant. La roue tournait bien. Voilà que sa haine des hommes se déchaînait contre lui, sans qu'elle en soit pour autant pleinement consciente. Oui, elle lui en voulait de ne pas avoir été à la hauteur du rêve, de ne pas avoir adhéré à l'infini, son infini, oui elle lui en voulait, et mortellement sans doute, de l'avoir juste aidée à décoller mais de lui avoir, ensuite, lâché la main. Non, elle ne voulait pas d'un grand amour à moitié, elle voulait tout, tout, tout. Eh bien, qu'il meure pour moi, se disait-elle, réalisant, tandis que cette phrase la traversait, la femme qu'elle était devenue. Plus blessée encore, tant il est vrai que la haine ne vient jamais que de l'amour. Et à sa manière, il lui avait refusé sa vie.

Rêvant d'écrire : « Eh bien mourez, mon ami », elle s'était contentée d'écrire :

Un mot de moi, le voilà

Il avait répondu d'un point d'interrogation.

En vérité, quel mot écrire, s'il n'en fallait qu'un seul ? Tout cela n'avait pas d'importance. Et l'homme pour lequel elle aurait cru mourir d'amour, cent jours auparavant, n'existait plus pour elle. Du moins le croyait-elle.

Car après qu'il eut cessé de lui écrire, comprenant enfin qu'elle ne voulait plus jouer, plus suivre ni mener, plus vivre rien, elle continua de sentir, par moments, comme un petit pincement au cœur, manifestation discrète de la dévastation. Et parfois même, plus, un déchirement véritable. Comme si elle était perdue, à tout jamais, et que rien ne pourrait l'en sauver. Mais ça ne durait pas longtemps, vite, elle se reprenait, prise par le quotidien, ce quotidien à tort accusé de tous les maux, le quotidien qui est la vie même, le quotidien qui structure les journées et donc les existences. J'aurais vécu, se disait-elle, au moins, je ne me serais pas interdit cela. Même si la perfection, la beauté absolue était morte dans l'œuf, elle avait existé, tout de même, sinon dans sa réalisation, tout du moins dans sa promesse. Elle regardait son mari. Si ça ne lui était pas déjà arrivé, peut-être rencontrerait-il, lui aussi, un jour, les mêmes émois, les mêmes interrogations. L'avenir le dirait. Tout cela était seulement la preuve qu'ils étaient des êtres vivants. N'y avait-il pas de quoi se réjouir ?

Quant à Némésis, elle ne lui accordait pas plus d'importance que cela, ayant l'impression d'avoir, finalement, tout décidé.

Avoir l'impression d'avoir tout décidé : le secret de la vie tranquille. Jamais la vérité.

Dans quelques jours, ce serait la rentrée, tout serait bien en ordre.

Mais dix jours plus tard, à Paris, alors que les grands avaient repris le collège ou le lycée, et le petit l'école, elle reçut ce message de lui :

Vous aviez raison, le pacte est une idiotie. Je vous attendrai, dans le même hôtel, à partir de quinze heures mardi prochain. Je vous y attendrai jusqu'au lendemain, midi. J'espère que vous viendrez m'y retrouver. Que vous pourrez m'y retrouver. Même un peu. Le manque de vous est cruel, ma chérie.

Mardi, mardi, le mot tournoyait maintenant dans sa tête et elle réfléchissait nerveusement à sa journée. Elle avait, ce jour-là, accepté d'accompagner la classe de son fils à une sortie scolaire, la première de l'année, et pour toute la journée – elle qui n'en avait honoré aucune l'année précédente. Elle ne voyait maintenant plus comment se délier de l'engagement pris auprès de la maîtresse. Sa baby-sitter habituelle, étudiante, encore en vacances, reprendrait seulement le mercredi matin.

Alors elle téléphona à l'école, demanda si une autre maman ou qui sait un papa pouvait la remplacer au pied levé, elle avait une urgence professionnelle, quelque chose de très important, d'extrêmement important, plus important que tout, avoua-t-elle, à la secrétaire de l'école. Mais lorsqu'en milieu de journée elle fut rappelée par l'école, on lui dit que non, ils n'avaient trouvé personne. Le soir, elle le savait, elle ne pourrait pas. Il était convenu qu'à l'issue de la sortie elle prenne avec elle Émile, l'un des amis de son fils, sa maman viendrait le chercher le lendemain à dix heures.

Il restait le mercredi. Elle avait prévu de s'occuper des enfants jusqu'à dix heures, puis de partir à son bureau. Une réunion l'y attendait, avec des enjeux importants. La direction avait fait savoir qu'elle envisageait de supprimer le département communication, soit huit personnes, pour faire appel à des prestataires extérieurs, et ainsi réduire les coûts. Il n'y avait pas que son poste à elle qui était en jeu, et elle devrait défendre le dossier, bec et ongles, et son équipe comptait sur elle, sur sa force de conviction.

Elle suppliait maintenant l'un de ses fils, l'aîné, de garder son petit garçon, de neuf heures à dix heures et demie. Ensuite, elle filerait à son bureau.

— Mais non maman, tu sais que le mercredi matin j'ai basket, et là c'est une compétition, je peux vraiment pas.

— Je t'en prie mon chéri, je ne te demande jamais rien. C'est très important, c'est un rendez-vous très important, il faut que tu me rendes ce service.

— Et les autres, ils ne peuvent pas ?

— Non. Il n'y a que toi.

— Écoute non, maman, je ne peux pas.

— Si je ne devais te demander qu'une seule chose mon chéri, de toute ma vie, ce serait ça.

— Et Félicie ?

— Elle arrivera à dix heures trente.

— La gardienne, alors.

Il disait cela avec une pointe d'amusement. Son petit frère avait eu le malheur de casser, avant l'été, un carreau avec son ballon, et la gardienne l'avait grondé si fermement qu'il demeurait terrifié par elle, baissant les yeux chaque fois qu'il la croisait.

— Tu sais que je ne peux pas les laisser à la gardienne. Chéri, je t'en supplie.

— Maman, mais arrête. C'est quoi ce rendez-vous si important, soudain ?

— C'est un rendez-vous crucial, qui n'était pas prévu, et il n'y en aura qu'un et je ne peux pas le manquer.

— Écoute, moi je peux pas planter mon équipe un jour de compèt. Je suis désolé.

Elle rappela l'école, est-ce qu'une maman pouvait envoyer sa baby-sitter à sa place ? La secrétaire de l'école lui répondit que non, elle ne pouvait pas rappeler les parents pour demander ça, tout de même. Bien entendu, répondit-elle, je comprends. Je comprends.

Elle sortirait le soir, tant pis. Tant pis, elle braverait les interdits, elle mentirait, mais elle le rejoindrait. Elle ne pouvait pas ne pas le rejoindre. Elle n'aimait que lui, au monde.

La journée à Versailles était atroce. Et la maîtresse lui jetait des regards assez déçus. Quel était donc le problème de cette femme qui vient accompagner son enfant à une sortie, pour une fois, et fait une tête de désespérée, traîne les pieds, ne semble sensible à rien, et se met, de temps à autre, sur le côté pour fumer des cigarettes ? Quel genre de mère était-elle, à la maison, se demandait maintenant la maîtresse, et voilà qu'elle était pleine de compassion pour son fils.

La galerie des Glaces, les jardins, les chambres, les tableaux, les bustes, les lustres, les miroirs, les meubles, cela semblait ne lui faire ni chaud ni froid. Et avec ça, elle avait demandé trois fois quand ils rentraient.

Prisonnière encore dans cet autocar, au retour, elle avait collé son front contre la vitre, et maintenant elle pleurait de le savoir là-bas, dans cette chambre, sur ce lit, et savoir qu'il l'attendait, qu'il l'aimait, et qu'ils pourraient être en train de faire l'amour, enfin.

— Pourquoi tu pleures, maman ?

— Rien mon chéri, je suis un peu fatiguée.

— Tu dormiras à la maison. C'est pas la peine de pleurer.

— Tu as raison.

Mais rien n'y faisait, les larmes coulaient, les unes après les autres.

Arrivés à destination, elle prit son fils et son petit camarade par la main, et ils rentrèrent.

Les heures n'existaient même pas : elle vivait au rythme des secondes, péniblement des minutes, regardant l'heure, trop souvent. Elle téléphona à son mari pour le prévenir qu'elle devrait sortir ce soir, le temps d'apporter quelque chose à sa mère qui avait besoin qu'on lui fasse les courses. Je peux le faire, si tu veux, répondit-il. Non non, j'irai moi, dès que tu seras rentré à la maison. Très bien, avait-il répondu. Sa mère habitait à l'autre bout de la ville, cela prenait du temps d'aller la voir, passer du temps avec elle, et revenir – le temps de s'aimer follement, pensait-elle. Elle mit les petits devant la télé, tandis qu'elle prenait un bain, se préparait, pour le rendez-vous de sa vie, le plus important de sa vie. Huile parfumée, onguents divers, fards et rouge à lèvres.

À vingt heures trente, son mari n'était toujours pas rentré. Elle lui téléphona. Tu es où ? Tu vas être contente, une fois n'est pas coutume j'ai été un gendre parfait, j'ai appelé ta mère, j'ai fait les courses et je viens de les lui déposer, comme ça tu peux rester tranquille à la maison.

Elle crut qu'elle allait mourir. Alors elle expliqua aux grands qu'elle sortait mais qu'elle n'en avait pas pour longtemps, elle serait là dans une heure, ou deux. Elle prit son sac, ferma la porte, dévala les marches de l'escalier, traversa la cour à pas vifs, elle ouvrit la porte cochère et aperçut un taxi, avec sa lumière verte, distinctive. Elle se dit qu'elle avait de la chance, pas une minute de perdue, pas une minute de plus de perdue mon amour, mon adoré, et là, elle vit que son mari la regardait, il venait de garer sa voiture, juste devant. Tu vas où ? Prise de cours, elle ne sut pas quoi dire. Je vais revenir dans une heure, j'ai quelque chose à faire, c'est Gabriella, elle a besoin de moi. Gabriella ? À cette heure-ci ? Tu as une famille, des enfants, un mari, elle n'a pas à te demander d'aller la voir comme ça en pleine soirée, et toi tu n'as pas à accepter. Mais elle est très malheureuse, elle se sent très mal, elle a toujours été là pour moi, quand mon père est mort, souviens-toi, et tout le temps, c'est mon amie, je n'ai pas le droit de lui faire ça maintenant elle m'attend je ne veux pas la décevoir tu comprends je n'ai pas le droit de lui faire ça. Tu as le droit de lui faire ça, tu n'as qu'à déjeuner avec elle demain – le taxi était parti depuis bien longtemps. Il faut que j'y aille, je te dis que c'est important ! Si tu veux mon avis... Je ne veux pas ton avis, elle m'attend c'est tout. Eh bien non, je ne suis pas d'accord, elle se prend pour qui, on rêve ou quoi. Je dois y aller. Ça suffit, en plus il y a Émile à la maison, tu n'y vas pas et si elle a un problème avec ça, c'est moi qui lui téléphone. Non, ne fais pas ça. J'en ai marre de cette fille, je ne l'ai jamais sentie de toute façon. Allez ! Et puis quoi encore ? Tu as l'air vraiment complètement à côté de tes pompes, je ne sais pas ce qui t'arrive depuis quelques mois, tu ferais mieux de te reprendre.

Elle le regardait, dans la rue, et son cœur battait à mille à l'heure. Je ne peux pas, je dois y aller, murmura-t-elle encore. Son mari lui prit le bras et l'entraîna chez elle, chez eux.

Cette nuit-là, elle ne trouva jamais le sommeil. Prête à partir, à deux, trois, quatre, cinq heures du matin. Ne le faisant pas. Son mari s'était tourné vers elle et avait mis la main autour de sa taille : il la retenait, et fermement, sans le savoir, peut-être même sans le vouloir.

Le lendemain matin, après le départ de son mari et des grands, elle descendit voir sa gardienne. Pourrait-elle garder son petit garçon et son camarade à titre exceptionnel, pendant une heure et demie, peut-être deux, au moins une ? La gardienne lui répondit que c'était impossible : elle attendait les ouvriers en charge de la restauration de la toiture et elle devrait monter avec eux pour tout leur expliquer. Je peux les garder une demi-heure maintenant si vous voulez, ou cet après-midi après quatre heures, autant que vous voulez.

Une demi-heure ? Cela ne laissait pas assez de temps.

Il ne restait qu'une seule solution. Ne pas se rendre au bureau. Et quoi, alors ? Que huit personnes perdent leur emploi pour qu'elle aille passer deux heures avec lui ? Elle réfléchissait, maintenant, tentant de rester calme, posée. La réunion pouvait théoriquement être reprogrammée, mais elle n'en était pas absolument certaine, et il y avait un risque, évident.

Son téléphone fit un petit bruit. Elle regarda qui lui écrivait.

Il n'y a que toi qui puisses nous sortir de là. Sauve-nous de ce cauchemar. Bises, Sandra

Bien sûr que non, elle ne pouvait pas leur faire ça.

Tout

Il l'avait attendue, d'abord l'après-midi, puis en fin d'après-midi, en début de soirée. Le soir il savait qu'elle ne pourrait venir, mais il n'était pas sorti de la chambre, prenant, en guise de dîner, les pistaches et les chocolats du minibar, il avait rêvé qu'elle le réveille, puis il avait attendu encore, espérant, espérant jusqu'au bout. À midi moins dix il voulait encore y croire. Elle surgirait, le couvrirait de baisers. Comme elle faisait. Mais non. Elle n'était pas venue.

Il réalisait à quel point il l'aimait, bien plus qu'il ne l'avait imaginé, et qu'en vérité il lui était maintenant inconcevable de l'avoir perdue. Il ne voulait ni la perdre, ni la partager, ni rien faire à moitié, désormais. Il avait mis du temps à comprendre tout cela, non pas d'elle mais de lui-même, lui qui ne s'autorisait rien, lui qui s'était juré être un père et un mari exemplaire, malgré les inévitables soubresauts de son couple, pareil à tous les couples, composé de deux humains, et donc faillible. Et voilà qu'après toutes ces soirées à passer seul, même s'il était entouré, toutes ces heures, toutes ces minutes sans aucune nouvelle d'elle, il s'était senti étouffer. Soudain il comprenait tout le manque, et l'absence d'elle était une insupportable présence, il n'y avait pas moyen de s'en défaire. Il avait frôlé le bonheur de si près, et il l'avait laissé partir. Il s'en voulait désormais, et revoyait comme dans un film tous les moments qu'ils avaient vécus ensemble. Leur déjeuner, avec sa robe verte, leurs mots échangés, la deuxième fois qu'ils s'étaient vus, et lorsqu'elle était apparue devant lui, devant ce cinéma des Champs-Élysées, il repensait à des détails, des moments d'elle, des éclats de rire, son visage et ses yeux, la manière qu'elle avait de marcher, avec ses talons, son sourire merveilleux, l'abandon de ses baisers, tout l'amour qui s'y trouvait, la robe portefeuille, et voilà qu'il repensait à son corps, si beau, si désirable, à sa nuque, à ses épaules. Il pouvait bien être fier, courageux, pas le genre qui s'apitoie sur son sort, qui se trouve des excuses pour ce qu'il n'a pas fait : seulement vivre sans elle lui était à présent insurmontable.

Désormais, il regardait la ville comme si elle s'était vidée de son ciel, de ses arbres, et presque de ses habitants, soudain tout était un grand vide, mais il mettait un pied devant l'autre, jouant le jeu, prenant sur lui. Jusqu'à quand? Non, il ne tiendrait pas, il le savait. Aimer pouvait donc être si fort, plus fort que la raison, plus fort que les principes, plus fort que tout. Il ne pleurerait pas, c'était un homme, et son cœur tenait le choc. Mais il s'interrogeait sur la capacité que chacun possède de dire non à l'évidence, au feu d'artifice. Il lui semblait, pour la première fois de sa vie, en profonde opposition avec lui-même, avec l'homme qu'il avait cru être. Il pensait à ses cheveux, il pensait à ses mains, et très précisément à ses poignets qu'elle avait si fins. Pourrait-il sérieusement envisager de continuer sa vie, de vivre sans ces poignets dont les articulations l'avaient ému au-delà du possible ? Il se souvenait de sa voix mais plus encore de l'étincelle dans ses yeux, la manière dont elle l'aimait, dont elle le regardait, et cela lui manquait maintenant, de manière infernale. Il savait, il avait compris, et comment ne pas comprendre, ce qu'elle aurait aimé de lui, ce qu'elle avait attendu de lui – je n'attends rien mais j'espère tout, lui avait-elle dit un jour, à propos de la vie, avait-elle précisé. Il savait que ces mots-là, prononcés par elle, étaient aussi pour lui. Il n'en avait rien fait.

Elle n'était pas venue. Que penser alors ? Qu'elle avait définitivement tourné la page, comme seules les femmes savent le faire, de manière radicale. Elle avait décidé que c'en était assez, qu'elle ne voulait plus souffrir, plus attendre, et protéger encore ce qui pouvait l'être : sa famille à elle, ses enfants, son mari aussi, au moins n'aurait-elle pas tout perdu. Il se rendait compte de la peine qu'il lui avait causée, lui qui (bien que ne l'admettant pas encore tout à fait, parce que, tout simplement, ce n'était pas son genre) était maintenant malheureux, sincèrement malheureux. Que fallait-il faire ? Il le savait. Il le savait parfaitement. Sauf que ce n'était plus une demande, une obligation, une attente d'elle, non, c'était un besoin, impérieux, vital, le sien, à lui. Pourquoi vivre sans elle ?

Il ne voulait plus que cela maintenant, la retrouver, vivre avec elle, s'endormir avec elle, se réveiller avec elle, avec son visage, frais, clair, sans maquillage, s'embrasser, encore, encore, enfin se découvrir, s'aimer, lui faire l'amour comme jamais, et faire d'elle la femme la plus heureuse de la terre, il le voulait, cela, de tout son cœur, de tout son être, et il réalisait l'absurdité, la folie du pacte, qu'il aille au diable, c'est le pacte qui les avait fichus en l'air. Qu'ils oublient donc les autres, qu'ils pensent à eux, enfin, rien qu'à eux, à leur amour, merveilleux, et tant pis si cela détruisait le reste du monde.

Avec toute son énergie, son courage, il envisagea l'impensable, cette conversation, la conversation qu'il avait juré ses grands dieux de ne jamais avoir avec sa femme. Il avait eu l'élégance de ne pas dire ce qui n'était plus, ni de trop dire ce qui était. La déclaration était sans appel.

Mais elle ne répondait pas, elle ne répondait plus.

Il lui envoya tout de même un message, encore un.

Je veux être celui que vous attendiez (suis en train de m'organiser pour cela). Espérant que vous m'aimez encore. Pour tout vous dire : terrifié à l'idée de vous avoir perdue.

Je suis son mari. Pourriez-vous arrêter d'envoyer vos messages ?
Elle ne vous répondra plus.

Il s'est passé quelque chose ?

Il s'est passé quelque chose ?

Oui.

C'était un samedi. Il était arrivé, comme il était : une dégaine de cow-boy, un jean, une ceinture en cuir marron patinée, très patinée, le genre que l'on traîne depuis ses dix-huit ans. Il avait relevé les manches de sa chemise à col Oxford et tenait à la main une veste, en coton elle aussi, bleu marine. Son regard était sombre, son front plissé, son air grave. Ses cheveux tombaient légèrement sur son visage, si bien qu'il ne cessait de les ramener en arrière.

Son mari le considéra, un instant.

— Merci, dit l'homme.

— Je ne sais pas pourquoi j'ai accepté.

Ils étaient assis là, à la terrasse de ce café de rien, sous un soleil encore bien insolent pour un mois de septembre. Ils s'observaient, comme on scrute un insecte dans un muséum d'Histoire naturelle. Curieux de comprendre qui ils étaient, ce qu'ils étaient, l'un et l'autre.

— Elle va s'en sortir ?

— On ne sait pas encore. Le choc a été violent. Même si elle n'a rien de cassé. C'est sa tête qui a pris.

L'homme se passa la main dans les cheveux, les ramener, encore, en arrière. L'autre le regardait avec une sorte de rage contenue, et, à la fois défaite.

— Que s'est-il passé entre vous, exactement? Quand est-ce que tout a commencé?

— Au mois de juin.

— Juin...

— Et il ne s'est rien passé.

— Ne vous moquez pas de moi. Le téléphone était intact, c'est le seul qui a échappé à l'accident. On me l'a remis, avec tous vos messages dedans.

— Que voulez-vous savoir?

— Rien. Surtout rien. Je ne veux rien savoir. C'est déjà suffisamment difficile comme ça.

— Qu'est-ce qui est difficile?

— Vous vous foutez de moi?

— Non. J'essaie d'être amical.

— Son état, et vous, vous par-dessus tout. Se sentir trahi, humilié par la personne en laquelle on avait placé toute sa confiance, la personne qu'on aimait, qu'on aime. Je sais que je n'ai pas été un mari parfait. Elle a dû vous le dire.

— Elle ne m'a rien dit.

— Je suis conscient de ne lui avoir pas vraiment donné le meilleur de ce qu'on peut donner de soi. C'est injuste pour elle, mais c'est peut-être ça, le quotidien. Jour après jour, le quotidien tue tout. Je sais que nous n'étions pas heureux, à nous chamailler tout le temps, et moi à lui faire des remarques constamment, pour des choses stupides en plus, mais je ne pensais pas que, enfin je n'aurais jamais imaginé qu'elle puisse voir quelqu'un d'autre, et encore moins aimer quelqu'un d'autre, parce que comme ça, en lisant tous ses messages, c'est l'impression que j'ai eue. Qu'elle vous aimait. Peut-être que c'était fini depuis longtemps entre nous et que je n'ai rien voulu voir, je préférais le déni, la grande illusion plutôt que d'avoir le courage de divorcer. Il faut du courage pour partir, non? C'est ça qu'il aurait fallu faire sans doute, il y a quelques années déjà, se séparer. J'ai été dur avec elle, je sais. Et si elle ne s'en sort pas...

— Elle s'en sortira.

— Si elle ne s'en sort pas, je me sentirai bien con de tout ça. Et de vous aussi. Pourquoi vous? Pourquoi vous plutôt qu'un autre? Et j'ai lu, j'ai lu ce qu'elle vous a écrit. Merde. Elle vous aime vraiment. Et qu'est-ce que vous faites de ça, de l'amour qu'elle vous donne? C'est à cause de son téléphone qu'elle s'est fait renverser. À cause de vous. Maintenant, je vais repenser à tous les moments où elle me disait avoir des courses à faire, une amie à voir le soir, à tous les mensonges. Vous vous êtes vus souvent?

— Non, très rarement.

— Je ne peux pas lui en vouloir, c'est moi le con ici. Mais c'est difficile à accepter. Ça, et vous. Je suis vraiment un con d'avoir accepté de vous voir. Désormais je vais mettre un visage sur tout. Je vais vous imaginer en train de lui faire l'amour.

— Nous n'avons jamais fait l'amour.

— Ah non?

— Non. Jamais.

— Comment expliquez-vous alors ces messages où vous mentionnez son dos, ses hanches, sa peau?

— Je l'ai vue nue, une fois. Elle s'est déshabillée pour moi.

Le mari éclata d'un rire nerveux.

— Donc vous me prenez vraiment pour un con.

— Elle ne voulait pas vous tromper. Nous avions un pacte. Ne jamais faire l'amour. Elle n'a jamais touché ni approché mon sexe, si vous voulez savoir.

— Et vous ?

— Moi non plus. J'ai caressé son dos, mis mes mains sur ses hanches. Je l'ai prise dans mes bras, plusieurs fois. Nous nous sommes embrassés. Souvent.

— Vous n'avez pas couché ensemble ?

— Je vous l'ai dit.

— Mais pourtant vous avez l'air de l'aimer. Vous avez l'air de vraiment l'aimer.

— Je l'aime. Je ne vous mentirai pas. Non par respect pour vous, que je ne connais pas, dont je ne pense rien, mais par respect pour elle, qui vous respecte.

— Qui me respecte, en vous embrassant, et dans vos bras ?

Le mari semblait vaincu. Son dos arrondi, son visage blême.

— C'est à cause de vous qu'elle a eu cet accident. Vous lui avez envoyé ce sms.

— Vous n'imaginez pas à quel point j'en suis désolé.

— Ah oui, ça, c'est sûr, il va falloir organiser votre vie sans elle, maintenant. Mais ça ne vous a pas dérangé, de vous comporter comme vous l'avez fait ? Dire à une femme qu'on l'aime, et ne rien lui donner de plus. C'est ça qu'il s'est passé entre vous, non ? Vous vous rendez compte ? Vous mettez en péril un couple, une famille, une vie, merde ! Vous prétendez l'aimer et vous la foutez en l'air ? Je ne sais pas ce qui me retient de vous casser la gueule.

Le cow-boy était silencieux.

— Donc vous l'avez vue nue ?
— Oui.
— Et c'était où ?
— Dans un hôtel.
— Un hôtel.
— Oui. Je vous laisse décider de qui est en tort ou non. Je ne me place pas dans cette optique-là, en ce qui me concerne.
— Pourquoi vouliez-vous me voir ? Qu'est-ce qui vous intéresse ici ?
— Elle.
— Vous n'êtes pas rassasié de vos dégâts ? Il vous en faut encore ?
— J'aime votre femme. C'est une personne rare.
— Je sais.
— Je l'ai aimée immédiatement.
— Aimée ?
— Désirée et aimée. Pour tout ce qu'elle était, et que je voyais.
— Et que je ne savais pas voir, moi, c'est ça ?
— Je n'étais pas dans votre vie.
Le mari fut distrait, un instant, par son téléphone. Quelqu'un qui demandait des nouvelles. Il ne répondit pas.

Il observait cet homme, cet étranger, soudain entré sa vie, contre son gré. Mais que pouvait-elle, que lui avait-elle donc trouvé ? Il ne pouvait se comparer à lui, se trouvant mille fois supérieur. Lui ne se passait pas la main dans les cheveux sans arrêt, c'était là un tic adolescent pour lequel il n'avait aucune indulgence. Lui ne s'habillait pas comme ça, des bottes, quelle drôle d'allure. Et pourtant, il lui fallait reconnaître que l'homme avait un charisme certain, incontestable, presque palpable.

— Combien de fois s'est-elle déshabillée pour vous ?

— Une seule.

— L'hôtel, c'était où ?

— Dans le VIIIe.

— Elle l'avait choisi ?

— Je l'avais choisi. Elle ne savait pas qu'elle me retrouvait à l'hôtel.

— Qu'est-ce qui n'a pas marché entre vous, je veux dire, pour qu'elle ne me quitte pas ? Pour que vous ne partiez pas avec elle, alors que soi-disant, vous l'aimiez ?

— Je vous l'ai dit, nous avions un pacte. Respecter mari, femme, enfants, familles. Et pour cela, ne rien faire.

— Vous avez une femme ?

— Oui.

— Vous l'aimez ?

— Oui.

— Vous aimez votre femme et vous aimez ma femme. Bravo.

— Ce n'est pas si simple.

— Je ne peux pas croire que l'on aille si loin sans faire l'amour à quelqu'un.

— Nous avons fait l'amour croyez-moi, et souvent, mais différemment. Nous échangions des mots magnifiques, merveilleux, forts, qui valent autant qu'une étreinte. Ses mots me transportaient, les miens la touchaient profondément je crois.

— Et vous vous branliez le soir en pensant à elle ?

— Je ne souhaite pas partir dans ce registre, il me semble que ce serait lui manquer de respect.

— Bien entendu, sinon, comment tenir. Ou vous couchiez avec votre femme en pensant à elle, au choix.

— Je vous demande de rester respectueux.

— Respectueux ?

— J'étais très amoureux d'elle. Je le suis encore, si vous voulez tout savoir.

— Je sais, j'ai lu.

L'étranger baissa les yeux.

Le mari récita, de mémoire :

— « Quoi que vous disiez, quoi que vous décidiez, je vous aime, et vous aimerai. » C'est à ce moment-là qu'est arrivé le choc. Vous avez envoyé le sms à 14 h 26 et à 14 h 28 elle était percutée par la voiture. Elle tenait son téléphone à la main quand on l'a trouvée, elle avait commencé à taper quelque chose, pour vous, qui, par je ne sais quel hasard, ne s'est pas effacé. Mais que j'ai effacé, moi.

— Que me répondait-elle ?

— Vous ne voudriez tout de même pas que je vous le dise ?

— Et pourquoi pas ?

— Que j'entretienne la flamme du malheur ? Si ça se trouve, elle mourra, si ça se trouve, vous l'aurez tuée.

L'homme soupira. Encaissant le choc.

— Je crois que tout cela a assez duré.

— Elle survivra. Je le sais.

— Ah oui ? Vous avez des dons de voyance ?

— Elle est forte. Elle est pleine de vie. Elle est volontaire, courageuse. Elle survivra.

— Je vais retourner la voir maintenant.

— Je voudrais la voir moi aussi.

— Je ne pense pas que ce soit une bonne idée.

— Je l'aime autant que vous. Peut-être davantage.

— Vous n'avez pas dix ans de vie avec elle, vous n'avez rien connu d'elle, tous ces moments pénibles, son licenciement, ses crises d'angoisse, la mort de son père, ses règles, les kilos en trop, en moins, les régimes, moi je me suis tapé tout ça, et les engueulades, des dizaines, des centaines, tout ce qui l'emmerdait chez moi, tout ce qui m'emmerdait chez elle, tout ce qu'elle m'aura fait chier, toute cette merde, pour supporter la vie à deux, pour avancer ensemble, et dire qu'on ne lâche pas, que la vie ne nous aura pas, qu'on peut y arriver alors que tout nous pousse dans le sens contraire. Tous ces efforts-là, vous ne les avez pas faits. Vous, vous êtes arrivé comme un cow-boy, justement comme vous êtes là, comme les types de Guérande qui ramassent la fleur de sel. Ma femme nue dans un hôtel. Vous ne la connaissez pas, vous ne savez rien d'elle, vous ne savez pas qui elle est. La femme dont vous êtes amoureux n'existe pas.

— Elle existe.

— Elle n'existe pas. Que croyez-vous ? Que prendre le meilleur de quelqu'un, de temps en temps, c'est l'aimer ? Ce n'est pas ça, aimer.

— Et pourquoi sauriez-vous mieux que moi ce qu'est aimer ?

— C'est donc ça, c'est donc ça qu'elle aura aimé chez vous. Votre verbiage, votre talent d'orateur, de littérateur, vos bobards joliment ficelés.

— Aucun bobard.

— Une sorte de poète, un poète qui surgit et qui gagne le statut de héros.

— Oui, c'est une injustice, certainement, j'en conviens. Mais je l'aime. C'est un fait. Vous pourrez me détester, me chasser, me tuer, vous ne pourrez rien au fait que comme vous, probablement très différemment de vous, je l'aime. Laissez-moi la voir.

— Je ne peux pas.

— S'il vous plaît.

Le mari était là, transpirant, livide, épuisé.

— Ça peut durer longtemps, dit-il.

— Combien de temps ?

— On ne sait pas. Ça peut durer quelques jours, une semaine, un mois, plusieurs mois. Elle peut se réveiller, et vivre, ou ne pas se réveiller, et vivre, ou ne pas se réveiller, et mourir.

Les deux hommes s'étaient levés. Ils marchaient maintenant côte à côte.

— Vous ne voulez pas que j'y aille ?

— Non.

— Mais vous savez que j'irai quand même.

Le mari haussa les épaules.

— Peut-être que vous avez raison, après tout, peut-être que c'est moi qui n'ai rien compris à ma femme.

— Je n'ai pas dit ça.

— Vous aurez été peut-être l'autre personne qui l'aura le mieux connue.

— Je ne sais pas. J'ai certainement connu quelque chose d'elle. Mais je voudrais vous demander quelque chose.

— Ah oui ? Quoi cette fois ?

— Ne parlez pas d'elle au passé. S'il vous plaît. Elle va vivre, je sais qu'elle va vivre.

— Je ne devrais pas vous dire ça, mais au point où j'en suis... De la manière la plus étrange qui soit, j'apprécie ce que vous m'avez dit.

— Voyez-vous, j'ai vécu ce que vous vivez là, ma femme est tombée amoureuse de quelqu'un, il y a cinq ans. Je l'ai suppliée de ne pas partir. Suppliée. Elle est restée, ou plutôt, elle est revenue, alors qu'elle aimait ailleurs, qu'elle aimait vraiment. Et quand elle est revenue, je lui ai promis que quoi qu'il advienne, je ne partirai jamais. Je lui ai donné ma parole.

Ils s'arrêtèrent devant l'hôpital.

— J'y vais, dit le mari.

Et l'homme acquiesça, ne sachant pas quoi répondre, soudain.

Le lendemain, à sept heures et demie du matin, il était là. Il n'y avait encore personne pour lui rendre visite. Comme un voleur, il regardait à droite, à gauche. Puis au bout d'un moment il cessa tout à fait. Et pourquoi son amour, pourquoi leur amour, si vivace, bien réel, aurait-il moins d'importance, moins de valeur que l'amour des autres, pourquoi aurait-il à se cacher ? Il restait là, le visage penché en avant, puis au contraire, appuyé contre le mur derrière lui, étirant ses jambes. Il portait encore une de ses chemises caractéristiques, au col Oxford, et la même veste, marine, en coton. Il avait l'air fatigué, épuisé même. Son front était plissé comme jamais. Qu'avait-il fait de sa nuit ? On aurait juré qu'il n'avait pas dormi, qu'il avait bu un verre, peut-être cinq, fumé un peu trop de cigarettes, puis qu'il s'était résolu à prendre une douche. Ses cheveux ne semblaient pas tout à fait secs.

Son visage était beau. Indéniablement. Visage fort, puissant, du conquérant. De l'homme qui s'est fait tout seul, sans passe-droit, sans raccourci. Ses joues étaient marquées par deux rides verticales, qui ajoutaient encore à l'impression de force qui s'en dégageait. À plonger dans ses yeux, ou à le suivre, simplement, on comprenait aisément qu'elle soit tombée amoureuse de lui. Il avait un regard profond, qui ne se contente pas de la banalité de la vie, qui ne porte rien de commun, rien de médiocre. C'était bien un chevalier, et son cœur était tout aussi entier que le laissait imaginer son allure. Un jour, il lui avait dit : Vous montez? Non, avait-elle répondu, s'excusant de n'avoir connu que des tours à poney, il y a trente ans de cela. Oui, c'était un chevalier. Un homme que rien n'effrayait, jamais, qui savait tout, les forêts, les bois, qui possédait ce que son regard embrassait, naturellement, comme un seigneur. Ses mains étaient intéressantes, carrées plutôt que longues, précises dans leur dessin. Il y avait quelque chose dans son torse, et sa manière de se tenir, d'irrésistiblement attirant.

Une infirmière s'arrêta devant lui.

— Vous venez voir la 410?

— Oui.

— Vous pouvez venir maintenant si vous voulez. Vous êtes de la famille?

— Je suis un ami.

— Suivez-moi.

Il sentait son cœur battre, et de plus en plus fort. Il repensait maintenant à tous leurs échanges.

La longue liste qu'elle lui avait envoyée, un jour.

Pourquoi je vous aime :

parce que vous ne saviez pas que vous étiez assoiffé (comme moi)

parce que vos paroles me renversent

parce que je ne pensais pas que des mots puissent caresser autant

parce que nous nous sommes trouvés après mille ans

parce que pour la première fois de ma vie je me sens belle

parce que j'aime votre nez

parce que vous êtes entier, total, radical

parce que vos baisers sont au-delà de tout

La liste continuait, longtemps.

Il lui avait répondu :

Rien sans vous

Les plus beaux mots qu'elle ait jamais reçus, lus, entendus.

Lorsque l'infirmière ouvrit la porte, il eut un haut-le-cœur. Elle était là, nue probablement, sous un drap. Le visage splendide, reposé. Le choc avait été violent, forcément violent pour tomber dans le coma, mais rien ne semblait avoir souffert pourtant. Elle était aussi belle et pure qu'un Botticelli. Il s'approcha. Saisit sa main. Fine, douce.

— Ne me laissez pas. Jamais. Je vous attendrai sans faiblir. Vous l'avez dit, je suis votre chevalier. Vous êtes ma terre, mon ciel, mon étoile polaire. Reprenez vie. S'il vous plaît.

Et comme personne ne le regardait, comme il était tout seul dans la chambre bleu pâle, il se pencha et l'embrassa sur les lèvres.

— Cent ans, mon amour.

Il l'embrassa encore, sur la main, qu'il serra, fort, puis il partit. Après avoir refermé la porte de la chambre 410, il passa ses deux mains dans sa chevelure pour se recoiffer. Il s'arrêta au rez-de-chaussée et, dans les toilettes, s'aspergea le visage d'eau froide.

Némésis.

Il avait étudié le grec dans sa jeunesse. C'était lui qui en avait parlé en premier. Au tout début de leur amour, il le lui avait écrit.

Craintif de Némésis qui punit les heureux, et nous qui le sommes tant.

Il était sorti de l'hôpital, vif, ou à peu près, l'air fier de ceux qui viennent tout juste de se prendre une balle dans le cœur, et n'en veulent rien laisser paraître. Il avait avancé jusqu'à sa voiture, et il était parti.

Dans l'après-midi, il avait envoyé un message à son mari, sur son téléphone, à elle.

Je n'ai pas votre numéro, je n'ai pas votre contact, je voudrais vous parler, pourriez-vous me rappeler ? Merci.

Le mari avait rappelé dix minutes plus tard, de son téléphone à lui.

— Que voulez-vous ?

— Je voulais simplement vous dire que si, au milieu de tout ça, vous avez besoin d'aide...

— D'aide ?

— Oui, d'aide, tout sorte d'aide... Eh bien je suis à votre disposition. Si je peux me rendre utile.

— Je n'ai besoin de rien.

— Si vous voulez parler, si vous avez quelque chose à faire dont je pourrais vous soulager, si vous avez besoin d'aide avec vos enfants.

— Je n'appellerai certainement pas l'amant de ma femme pour m'aider avec les enfants.

— Alors dites-vous que je ne fais pas ça pour vous, je fais ça pour elle. Je peux trouver des solutions, s'il y a quoi que ce soit.

Le mari ne répondait plus rien.

— Les enfants ne savent pas ce qui se passe.

— Vous ne le leur avez pas dit ?

— J'ai dit qu'elle était à l'hôpital, mais sans donner de détails.

— Et vous, ça ne vous est jamais arrivé, demanda l'homme.

— Quoi ?

— Une rencontre, complètement inattendue, la sensation de l'accord parfait, immédiat, l'évidence ?

Le mari ne répondit rien.

Un soir, le mari lui téléphona.

— Si vous voulez bien, je voudrais que vous me racontiez. Pas maintenant, mais un jour. Dans longtemps. Non pas ce que vous faisiez ensemble, ça je ne veux pas le savoir. Mais comment elle était. Enfin, toute cette partie d'elle que j'ai manquée. Oui, pour vous répondre, j'ai vécu quelque chose comme ça. J'ai été amoureux. Très amoureux. C'était il y a trois ans.

— Vous l'aimiez ?

— J'aurais tout quitté pour elle. Mais je ne l'ai pas fait. Je voulais préserver ma famille. C'est l'histoire de tout le monde, je crois. Mais je ne regrette pas mon choix. Je ne le regrette pas. Écoutez, puisque nous nous connaissons, maintenant, je voudrais que vous me fassiez une promesse.

Au téléphone, de l'autre côté de Paris, en pleine rue, au milieu des voitures, du bruit, l'homme ramena ses cheveux en arrière. Il transpirait, lui aussi.

— Je voudrais que vous me promettiez, si par miracle elle venait à se réveiller, je voudrais que vous me promettiez de disparaître.

— Vous me demandez l'impossible.
— Promettez-le-moi.
L'homme ferma les yeux.
— Je vous le promets.
— Merci.
L'homme s'appuya un instant contre un mur. Puis il reprit son chemin. Il continua de marcher, et à bon rythme, comme s'il savait, comme s'il savait exactement où il allait. Il descendit le boulevard Haussmann, jusqu'à la place Saint-Augustin. Et là, il entra dans l'église, étrangeté architecturale aux allures byzantines.

Elle ne savait plus très bien ce qu'elle ressentait. D'un côté le constat de l'échouage d'un couple, de l'autre un amour auquel on avait coupé les ailes, donc condamné. Elle repensait à ce que son père lui avait dit avant de mourir. Juste avant de mourir. Le matin même. Sois heureuse. Sois heureuse ?

Elle avait toujours son téléphone à la main. Et lorsque celui-ci vibra, elle ne put s'empêcher de lire. Et, aussitôt, de répondre. Aussi n'entendit-elle pas ni ne vit-elle, tandis qu'elle était déjà largement engagée sur la chaussée, le 4 × 4 arriver. Elle ne le vit pas arriver, mais lorsqu'il fut là, tout près, prêt à l'envoyer en l'air, à la massacrer, à faire d'elle un vieux souvenir, de la poussière, le temps s'arrêta. Non, elle ne vit pas défiler toute sa vie. Mais elle vit que c'était peut-être là la possibilité d'une fin.

Puisque l'amour ne peut être, et que, ne pouvant vivre sans lui, je ne peux être moi non plus, vous faites bien, mon Dieu. Emportez-moi, loin, très loin.

Lorsque la voiture la heurta, la projetant aussitôt jusque sur le trottoir, elle souriait. Et celui qui l'avait renversée continuerait d'être hanté par ce sourire et ce regard, confiants, déjà en élévation, en parlant encore et encore à sa femme : Je te jure, on aurait dit qu'elle était heureuse de ce qui arrivait.

Gabriella était à son bureau. C'était la rentrée, et elle aurait dû aborder ce moment de l'année avec plus d'enthousiasme. Comme les premiers jours de janvier, les premières semaines de septembre étaient euphorisantes pour tous les commencements qu'elles portaient. Enfin théoriquement. Parce qu'elle peinait à travailler. Elle n'avait plus de nouvelles de son inséparable amie. La vie était un peu moins drôle sans ces éclats de rire qui créent de la distance avec toutes les situations, même les plus banales, souvent les plus pesantes – ce matin, faire le constat que sa situation à elle n'avait pas vraiment évolué. Elle en était toujours au même point. En plein vent. À se demander si un jour il se produirait quelque chose, quelque chose de vraiment valable. Il y avait objectivement des tas de choses très positives dans sa vie, mais il lui semblait qu'il manquait l'essentiel pourtant, cet essentiel, si rare, qui rend soudain le cœur léger. Pourtant, il y avait quelqu'un qui s'intéressait à elle. Quelqu'un qui travaillait dans un autre service. Divorcé, quarante-deux ans, plus jeune qu'elle de deux ans. Il lui avait proposé deux fois déjà de déjeuner avec lui, mais c'était tombé des jours où elle était prise.

C'était arrivé, dans le passé, qu'elles ne se parlent pas durant plusieurs semaines. Cojean lui manquait, et leur débat de ces derniers temps. L'amour – la mour, comme la muerte – valait-il la peine de risquer sa peau ou était-il préférable de rester planquée, à l'abri des possibles vertiges ?

Il ne se passait rien, personne n'entrait dans son bureau, le téléphone ne sonnait pas, elle sentit son cœur se serrer. Elle était fatiguée, elle aussi. Elle pensait à ses filles de sept et dix ans. Que leur dirait-elle lorsque ce jour viendrait, ce jour où lesdites filles se tourneraient vers elle pour lui demander de leur parler d'amour ?

Elle prit son téléphone et envoya un message.

Ma très chère, tu as disparu. Sans doute un voyage au débotté, mais où donc, en plein mois de septembre, voilà ce qui s'appelle être une femme libre, si c'est le cas, je t'admire. J'ai rencontré un type à mon bureau, il me tourne autour, je ne sais pas trop quoi en penser. Nos jus de carotte me manquent. Réapparais immédiatement ! Bon, j'espère que tu t'amuses bien, où que tu sois. Ta seule excuse, c'est qu'il t'ait kidnappée, soudain, pour t'emmener aux Bahamas, ou sur une île grecque, ou dans un gîte en Auvergne. C'est romantique aussi, un gîte en Auvergne. Je ne sais plus où tu en es de tout ça, c'était devenu mon feuilleton préféré, là tu es dure, suis en plein suspense. Bon, ce texto est méga long. Si vraiment tu ne veux plus boire de jus de carotte et que c'est la raison pour laquelle tu ne me réponds plus, parce que tu trouves que les vitamines c'est nul, je suis OK pour passer au champagne, ou au milk-shake vanille, voilà où j'en suis, absolument où tu veux. Gab

Comme tous les jours qui avaient précédé, elle n'obtint pas de réponse. Et s'il lui était arrivé quelque chose ? Elle n'osait y penser. Soudain, elle eut envie de lui téléphoner. À lui. Lui, il saurait. Il saurait au moins quelque chose. Car elle n'avait aucune envie d'appeler son mari. Est-ce que cela se faisait ? Elle sentait qu'à son âge, on n'a plus besoin de s'embarrasser de ce genre de débat, est-ce que cela se fait, est-ce que cela ne se fait pas. Mais elle n'avait pas son portable. Elle attendrait patiemment d'avoir des nouvelles.

Elle sortit de son bureau, déprimée. Elle marcha. Le temps s'était rafraîchi mais il faisait beau, encore. Elle sentait que rien n'était comme cela aurait dû être. Un moment de découragement, profond, dans une vie de femme. Elle se battait, elle essayait, mais pour quel résultat... Oui, elle avançait, un peu, ou plutôt elle maintenait le cap. Le temps n'avait pas encore trop de prise sur elle, ses enfants allaient bien, son travail se passait convenablement, oui, il n'y avait pas de drame, mais il n'y avait pas non plus de beauté, aucune beauté, aucune beauté. Où étaient les grands éclats ? Où étaient les sentiments ? Où était la vie ? Elle arriva chez Fujiyama. Treize heures dix. On lui trouva une table. Petite table de deux. Dans le fond. Et lorsqu'elle s'assit, elle le vit. Vincent Lindon.

Il était là, en face d'elle. Mangeant exactement la même chose que la dernière fois.

Elle lui sourit, d'un sourire triste. Il lui sourit. Est-ce qu'il la reconnaissait, de deux ans auparavant ? Il était charmant. Lui-même. C'était trop fort pour elle, et maintenant, malgré sa carapace, malgré tous ses efforts, les larmes coulaient. Alors lui ne mangeait plus, il la regardait, souriant, souriant encore, mais plus du même sourire. Il comprenait, confusément, sa peine. Et comme elle cachait maintenant son visage entre ses mains, il se leva, et vint s'asseoir à sa table.

— Je ne vous promets pas d'y arriver, mais je vais essayer, dit-il.

— Essayer quoi ?

— De faire partir votre chagrin.

Elle était magnifique – encore une femme magnifique. Et lui, et lui...

On ne choisit pas son heure. Lorsqu'elle ouvrit les yeux, elle ne comprit pas tout de suite où elle était. Tout était bleu, et blanc. Sa vision avait un peu perdu, comme si on lui avait mis des gouttes dans les yeux quelques heures auparavant, et qu'elle recouvrait doucement sa vue, mais qu'il demeurait néanmoins encore du flou. Sa bouche était sèche, ses lèvres encore plus. Elle tourna la tête : son bras était perfusé. Elle sentit ses membres engourdis, ses jambes, et même ses bras. Elle essaya de bouger ses doigts de pied, et elle y parvint. Elle essaya de plier doucement une jambe, puis l'autre, et elle y parvint. Elle souleva sa nuque, lourde, comme courbaturée. Elle s'appuya sur ses bras, se redressa, elle tira le drap, s'en dégagea, s'assit tout à fait, posa les pieds à terre. Ses mouvements étaient très lents, mais ils étaient fluides. Lorsqu'elle prit appui sur le lit avec ses mains pour se lever, elle eut comme un léger vertige et se rassit aussitôt. Elle réalisa que des électrodes la reliaient encore au lit. Elle les enleva, patiemment, une par une. Elle se sentait bien vivante, malgré le silence. Et elle trouva qu'elle avait de la chance. Un sourire se dessina sur son visage. Elle regarda du côté de sa table de chevet : il ne s'y trouvait rien sinon un brumisateur, apporté par un proche ou donné par l'hôpital. Avait-il fait chaud ? Pas de téléphone. Où était son téléphone ?

Elle localisa le bouton d'appel et appuya dessus, déclenchant une sorte de petite alarme, faible en décibels mais terriblement aiguë. Quelques instants plus tard une infirmière entra.

— Mon Dieu !

— Quoi ?

— Vous en êtes sortie ! Je vais chercher le médecin.

C'était une fête et ceux qui s'étaient occupés d'elle étaient maintenant mobilisés à pratiquer sur elle au moyen de machines savantes les vérifications qui s'imposaient. Elle se sentait à la fois très fatiguée et inexplicablement pleine d'énergie, surtout pleine d'une joie nouvelle, très pure. Comme si Dieu lui-même lui avait donné, ce jour, une deuxième chance.

Entre les scanners, les prises de sang et les examens cardiaques, elle se sentait légère. Mieux que ça : elle se sentait plus libre qu'elle ne l'avait jamais été. Et lorsque son visage croisa un miroir, elle se trouva belle. Tout avait été, en elle, magistralement et profondément réparé.

Il faut frôler l'abîme, parfois.

Son mari était arrivé très vite, les yeux cernés, fatigué, usé. Il l'avait prise dans ses bras, lui disant qu'il l'aimait, qu'il était si heureux qu'elle soit en vie. Il l'avait veillée, les premières nuits, les premiers jours. Il avait échangé et échangé encore avec les médecins, se renseignant ici, et ailleurs, prenant contact avec d'autres spécialistes, pour essayer de comprendre ses chances de survie. Mais les médecins avaient fini par lui dire de rentrer chez lui, parce que ça ne servait à rien qu'il reste là.

Elle le regardait, attendrie. Avec tous ses défauts, c'était lui qui était là, lui qui s'était mortellement inquiété, lui qui s'était occupé des enfants, lui qui l'avait veillée, qui lui avait tenu la main. Lui et personne d'autre.

Peut-être y avait-il, dans la vie, des hommes de surface et des hommes de fond. Les hommes de surface, d'envol, de lumière, étaient comme le soleil. Ils vous transportaient, vous emmenaient haut, et loin – une immensité. Mais ils ne pouvaient que cela. Cela et vous brûler. Les hommes de fond, marathoniens en vérité, héroïques à leur manière, courageux aussi, étaient ceux du quotidien, ceux de chaque jour, de chaque matin, ceux de l'engagement véritable, là, bien présents, physiquement présents, ceux avec qui on partageait tout, un mal de tête, une inquiétude, une liste de choses à faire, des vacances, la vie de tous les jours.

Elle trouvait cela terriblement injuste, mais c'était trop tôt pour penser, réfléchir encore, trop tôt.

Ils rentrèrent chez eux, dans l'appartement, causant une surexcitation, des cris de joie et des larmes de la ribambelle. Il ne lui fit aucune remarque, d'aucune sorte. Pourtant, au fil des jours, il ne put s'empêcher d'exprimer, en demi-teinte, et malgré ses efforts, des reproches, davantage liés aux défauts d'organisation, au défaut de présence de la mère dans le dispositif familial, que par ce qu'il avait découvert, ou encore du contrecoup de la peine ou de la crainte de pouvoir la perdre, en partie ou totalement.

Malgré l'élan de tendresse, réciproque, consécutif à son réveil, elle se permit de lui dire qu'elle aurait besoin, d'ici deux, trois semaines, quand elle aurait un peu récupéré, de partir quelques jours seule, bientôt, se « refaire une santé ». Elle avait envie d'aller à Marseille. C'était son rêve. Il lui opposa un non, lui répondit qu'il était impossible de s'absenter. Qui s'occuperait des enfants ? On sentait poindre dans le ton de sa voix l'amertume de celui qui a dû parer à toutes les urgences, que cela n'a pas particulièrement amusé, et qui n'en a pas encore ou pas suffisamment été remercié.

Le lendemain, au petit déjeuner, elle lui dit que peut-être, malgré tout ce qu'ils avaient déployé d'énergie à essayer de s'en sortir, cela ne fonctionnerait pas. Il fallait l'admettre, ils s'étaient usés. Ce n'était pas le temps, mais l'autorisation que chacun se donne à soi-même de se laisser aller. Il baissa les yeux, lui qui avait espéré qu'elle eût oublié la conversation qu'ils avaient eue, le matin de l'accident – où elle lui disait qu'il leur faudrait un jour considérer la séparation. Avant qu'il réponde : Moi, je suis amoureux de toi, je veux que nous restions ensemble. Et je suis prêt à tous les efforts pour cela. Elle lui rappela qu'elle était encore convalescente et qu'elle lui serait reconnaissante qu'ils ne se disputent pas pendant les semaines à venir. Elle irait se reposer à Marseille, et ensuite, elle reviendrait, et ensuite, ils en parleraient, et pourraient prendre une décision, concertée, mais pas avant.

Elle profita de ces moments de calme pour faire toutes ces choses qu'elle avait « en retard », et notamment ranger, ranger encore l'appartement, qui avait souffert de tous ses départs. Dans le salon, elle retrouva, dans un petit sac, sa tenue de danse. Elle la prit et partit la ranger, en montant sur un tabouret, tout en haut, tout au fond d'un placard.

Puis elle l'en ressortit. Après tout, non, elle se remettrait à la danse.

Elle téléphona à Gabriella qui, voyant son nom s'afficher sur son téléphone, n'en crut pas ses yeux.

Elle lui raconta, ce qu'on lui avait dit de ce qui était arrivé. Puis elle lui dit qu'elle allait réaliser son rêve. Aller à Marseille.

— Le Petit Nice ?

— Le Petit Nice.

Le soleil en personne était venu pour l'accueillir. Il chauffait ses paupières, sur ce quai de gare. Déjà elle entendait chanter les accents. Déjà les parfums de la ville, et presque celui de la mer. C'était un enchantement. Être ici, maintenant. Elle marcha, doucement, jusqu'à la station de taxis. Le Petit Nice, demanda-t-elle, si heureuse de prononcer ces mots-là. Le taxi passa par le port, c'était l'heure du marché aux poissons. Et sous le grand toit miroir se reflétaient les étals de rascasse, sole, loup ou dorade. Au loin des bateaux, et ce musée de dentelle de béton, conjugaison subtile de complication et d'évidence. Le taxi longeait la mer. Splendide. C'est le premier poème qu'elle avait aimé, enfant, sans comprendre tout ce qu'il revêtait de sens et de puissance. Homme libre, toujours tu chériras la mer. La mer est ton miroir et tu contemples ton âme dans le déroulement infini de sa lame – et ton esprit n'est pas un gouffre moins amer.

Au Petit Nice, tout était blanc comme la chaux des îles grecques, et bleu. Le ciel profond lui disait son amour pour elle. Elle arrivait en reine, avec tous les honneurs. Auprès de la jeune femme de la réception elle réserva pour le soir, avec vue sur la mer, une table à la fenêtre. Je serai seule, ajouta-t-elle. À vingt heures trente. Elle pourrait voir le soleil se coucher, et le ciel ainsi se parer d'une autre robe. On lui remit la clé de sa chambre, qui donnait sur la mer. Elle était si heureuse d'y être, enfin en elle-même, elle-même.

Ce jour-là, elle se promena. Pour commencer, dans le vallon des Auffes, puis sur la Corniche. Il y avait ici quelque chose de profondément dépaysant. Elle se sentait comme au bout du monde. Les collines, les maisons, superbes, qui y étaient comme accrochées, et qui lui faisaient penser à la Californie. Elle se posa un temps sur une plage, s'allongea sur le sable, si heureuse de cette lumière, vive, aimante. Regarda des enfants qui jouaient, plus loin, ou des femmes, avec de grands chapeaux ou un magazine. Une famille chassait de petits crabes et les jeunes enfants s'en amusaient. Elle fit un tour au port. Observa l'agitation qui y régnait. Puis elle rentra à l'hôtel. Il était dix-neuf heures, déjà. Elle était fatiguée.

Elle prit une douche, fraîche. Dans son miroir, elle se vit, un instant. Le corps ruisselant encore, le visage reposé comme jamais. Tout était bien. Elle sortit de sa valise sa robe en coton, légère, bleu foncé, avec le décolleté formant comme les petites marches d'un escalier, un jour délicat laissant deviner encore un peu de peau. Mit ses sandales, couleur chair. Elle se maquilla légèrement, rouge à lèvres, celui qu'elle aimait, qui ne la quittait jamais. Une couleur difficile à décrire. Pas un rouge, ni un orangé, pas vraiment un corail, une couleur qui était elle. Elle souligna son regard, à peine. Elle se parfuma, tout aussi légèrement.

Comme elle l'aimait, ce parfum. Il était elle. Il avait tout vécu avec elle. Voilà, elle était prête maintenant.

Elle sortit de sa chambre, et se dirigea, doucement, vers le restaurant. Des effluves de bouillabaisse flottaient, enivrants. Lui donnaient faim. Comme il faisait très beau encore, et près de vingt-six degrés, le maître d'hôtel lui proposa une table sur la terrasse. La vue était ce qu'elle en avait imaginé. Un enchantement. Elle pouvait apercevoir le château d'If, au loin, et le phare du Planier. Elle avait l'impression maintenant de faire corps (ou presque) avec la Méditerranée.

On lui apporta la carte. Elle lut tout, puis fit son choix.

Pélamide à la tranche en crue et écorces de bergamote

Daurade grillée au suc de fenouil exprimé

Chrysalide de caramel au chocolat (elle n'aimait plus tellement les desserts mais le maître d'hôtel avait insisté, et l'idée de la chrysalide lui plaisait).

Elle était là, tranquille. Elle n'attendait plus rien de la vie. Elle était enfin libre.

Son vin lui fut servi, puis son entrée arriva. Elle commença à dîner, heureuse de découvrir ces saveurs nouvelles. Une phrase lui avait plu, tout en bas de la carte : « Les plats peuvent varier selon la pêche, la Méditerranée est souveraine. » Ainsi, rien n'était simple, rien n'était évident, facile, acquis, jamais, pour personne. Il y avait des forces, plus puissantes que les êtres. Il fallait l'accepter, et même, accueillir ces forces. Accueillir cette impuissance à connaître, à maîtriser, à comprendre enfin. La vie conservait tout son mystère. La condition humaine était condamnée à l'humilité.

Sa table était située au plus près de la mer. Étendue, vaste, infinie. Le restaurant s'était rempli. Des gens venus s'asseoir aux tables mitoyennes, et à d'autres, derrière.

Le soleil prenait son temps pour se coucher, on aurait dit qu'il voulait lui tenir compagnie le plus longtemps possible. Elle avait terminé son plat, et il était encore là.

Elle attendait maintenant son dessert. La chrysalide.

Elle sentit comme un frisson lui parcourir l'échine. Voilà, le soleil bâillait. Il faisait plus frais. Elle n'avait pas pris de châle. Tout était trop beau ici, pas question de remonter dans sa chambre, et s'extraire de l'heure magique. Elle aurait un peu froid, cela n'avait pas d'importance. Elle mit ses mains sur ses bras nus, pour se réchauffer.

C'est là qu'elle sentit quelque chose.

Elle baissa la tête, troublée. Elle pensa aussitôt qu'elle n'aurait pas dû boire ce verre de vin, après tout ce qui était arrivé. Voilà qu'elle était en proie à une émotion, ou tout du moins à une sensation qu'elle ne parvenait pas du tout à identifier.

Elle se tourna complètement pour regarder derrière elle. Non, il n'y avait personne ici, rien. Le dessert ne tarderait pas à arriver. Le sucre, le chocolat, le caramel la sortiraient de sa torpeur.

Voilà qu'elle repensait à tout, soudain. Non pas des pensées, non pas une réflexion, mais des images, des instantanés. Lui de profil, lui ramenant ses cheveux, presque roux, en arrière, lui la regardant, souriant, amoureux, lui, et elle, dans cet hôtel, l'un contre l'autre. Elle pouvait presque sentir son parfum. Son visage, encore, encore, encore. Elle y pensait avec un pincement au cœur, maintenant. La gorge serrée. Comme elle l'avait aimé. Elle avait jeté son téléphone en sortant de l'hôpital, lorsque son mari le lui avait remis, sans un mot, sans qu'il fût besoin de dire quoi que ce soit, car elle avait bien compris qu'il avait compris. Devant lui, elle l'avait mis dans une poubelle. Et avait décidé qu'elle n'en aurait plus. Après tout, avait-elle articulé, nous vivions tous bien sans téléphone, il n'y a encore pas si longtemps.

Le dessert était arrivé, opulent, indulgent. Elle fit honneur à la chrysalide, laissant fondre sur sa langue le chocolat, le caramel, croquant le sucre effilé. Et lorsqu'elle eut fini, sans commander de café, elle signa sa note, se leva, remit ses mains sur ses bras.

Elle traversa la terrasse, qu'elle avait mal regardée, lorsqu'elle s'était tournée. Qu'elle avait mal regardée.

Car il était là, sur la gauche, assis seul à une table. Lui. Ne regardant qu'elle.

(sept semaines auparavant)

Connaissez-vous le Petit Nice
Je n'y suis jamais allé
Venons-y un jour
Vous et moi
Quand ?

Mon amour je ne le pourrai pas
Jamais je crois
Notre pacte en souffrirait
Irrémédiablement
Je pourrais me mettre à vous aimer
Pour l'éternité
Mais je dois vous raconter
Qu'à la Toussaint l'année dernière
J'y étais (à Marseille)
Me promenant le long de la côte
J'ai aperçu le bâtiment blanc

Me jurant qu'un jour j'irai
Même pour une seule nuit
De tous les endroits du monde
Vous me parlez du seul où j'ai envie d'aller

(trouvé sur son téléphone)

Mon amour, comment vous oublier
Comment ne pas penser à vous, chaque instant
Votre visage entre mes mains
C'est moi qui meurs sans vous
Vous dire de disparaître ?
Je ne le pourrai ja-

(choc)

Remerciements

Grand merci à Dorothée Cunéo, à Cécile Boyer-Runge et aux équipes des Éditions Robert Laffont.

Achevé d'imprimer en janvier 2018
par CPI

La photocomposition de cet ouvrage
a été réalisée par
GRAPHIC HAINAUT
59410 Anzin

POCKET – 12, avenue d'Italie – 75627 Paris Cedex 13

Dépôt légal : février 2018
S27645/01